게으른 산책을 누리는

님께

게으른 산책

초판 1쇄 인쇄 2014년 10월 1일 **초판 1쇄 발행** 2014년 10월 10일

지은이 이형록

펴낸이 김용태
펴낸곳 이룸나무
편집장 김유미
출판신고 제305-2009-000031 (2009년 9월 16일)
주소 130-823 서울 특별시 동대문구 용두동 236-1 대우아이빌 101동 106호
전화 02-3291-1125 | **E-mail** iroomnamu@naver.com
마케팅 출판마케팅센터 02-3291-1125, 031-943-1656
가격 15,000원
ISBN 978-89-98790-31-8 03810

게으른 산책

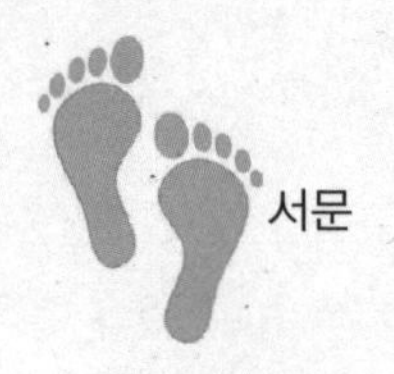

서문

산책은 느림의 미학입니다

산책은 부지런한 게으름입니다.

빠르게 움직여서는 외부대상을 제대로 볼 수 없고, 느리게 움직여야 자세히 살펴 사색할 수 있습니다. 바쁜 일상에서 파이팅만 외치며 경직되어 쫓기며 사는 삶 속에 여유를 갖고 나와의 대화의 시간을 가짐으로써, 나 자신을 천천히 돌아보는 산책의 시간이 바로 '게으른 산책'입니다.

산책은 사색의 창을 여는 게으른 몸짓입니다. 삶은 속도가 아니라 방향성이듯, 게으른 산책은 자연과의 소통과 공유와 즐김입니다.

느리고 고요하면 오히려 즐겁고 아름다운 것들을 더 많이 볼 수가 있습니다. 자연은 서둘지 않는 마음에게만 다가와 친구가 되지요. 산책길에는 해도 바람도 머물다 갑니다.

지리산 자락 청학동에 둥지를 틀고 살면서 재미를 붙인 것이 산책입니다. 느릿느릿 걸어도 좋고, 더러는 잰 걸음을 걸으면서 머릿 속에 둥지를 트는 번민과 고뇌를 내던질 수 있었습니다.

이 책은 요가와 명상 수행처인 〈Open Hand 숲 속 명상원 & 마하샨띠 아슈람〉에서 자연과 사계(四季)의 변화를 바라보며 마음 따라 느리게 걸으며 깨친 단상들입니다.

산책은 바라봄의 철학입니다

때때로 멈추어 바라보는 것 또한 나 자신과 외부대상과의 대화의 선물이 됩니다. 멈추어서 바라보면 아름답지 않은 것은 하나도 없지요.

내 마음이 아름다우면 아름답게 보이지 않는 것이 없습니다. 몸이 자연을 느끼니 마음과 영혼 또한 자연스러움으로 채색이 됩니다.

산책은 놓음과 비움의 실천입니다

산책이란 항상 나 자신의 말과 행동과 생각을 알아차리는 위빳사나(vipassana) 수행의 실천이기도 합니다.

걸으며 발걸음을 관찰합니다. 걷다가 지치면 잠시 쉬어 호숫가에 앉아 좌선에 들면 됩니다. 무심히 잔물결의 흐름을 응시하며 자연스럽게 들어오고 나가는 호흡을 관찰합니다. 들이쉰 숨 뱉지 않으면 죽음이듯이, 놓지 않으려니 편치 못하지요.

사과나무가 스스로 맺은 열매를 놓지 않으면 그것은 집착이 됩니다. 놓지 않으면 썩어버리겠지요. 놓아야만 새로운 열매를 맺을 수 있습니다. 놓음과 비움은 새롭고 완전한 채움을 위한 자기완성입니다.

산책은 바로 지금 여기에서 이 순간 머무는 일입니다

천당과 지옥은 죽은 후에 찾아가는 곳이 아닙니다. 천당과 지옥, 신(神)은 세상 속에 살아가는 지금 여기에 존재하는 내 마음속에 있습니다. 내 마음이 행복하면 그곳이 천당이고, 고통스럽다 생각하면 그 마음이 지옥입니다.

게으른 산책은 걷고 있는 발걸음이 중요한 것이 아니라, 어떤 마음으로 거닐고 있는가가 중요합니다. 자연과 하나가 되어 삶의 여유를, 순간을 즐기는 것이지요.

산책은 파이팅의 삶을 이완과 휴식으로 이끕니다

용기를 내라고 우리는 파이팅을 외칩니다. 우리는 언제나 삶을 그렇게 치열히 파이팅만 하며 살아왔습니다. 하지만 파이팅은 경직과 긴장을 줄 뿐입니다.

파이팅보나는 주위노 돌아보며 더불어 함께함, 어울림, 느림, 멈춤, 비움으로 휴(休)하는 것이 필요합니다. 느리게 걷는 산책은 휴식을 통한 치유와 이완과 명상이 됩니다.

물고기는 깊은 물을 만나도 두려워하지 않습니다. 인간 또한 자연의 일부이기에 자연 속에서는 두려워할 일이 없습니다. 산책은 두려움을 없애는 거님이며 마음의 평화와 안식을 찾는 길입니다.

산책은 인생을 음미하는 여정입니다

산책은 진정한 여행의 시작이며, 인생을 수놓는 몸짓입니다.

게으른 산책이란 시(詩)를 천천히 음미하는 것과 같습니다.

말없이 마음과 마음으로 뜻을 전하는 심심상인(心心相印). 인생은 음미하는 여정입니다.

산책은 자기성찰(自己省察)과 자아실현(自我實現)의 몸짓입니다

늘 바쁜 현대 생활에서는 혼자만의 시간을 가지는 여유가 없습니다. 산책은 그런 자신과 만날 수 있는 대화의 시간을 제공하지요. 홀로 다니는 산책은 내가 살아 움직이고 있다는 존재성의 확인이며,

나 자신과 주변을 사랑하려는 몸짓이기도 합니다.

주변에 관심을 둔다는 것은 보지 못했던, 그리고 보이지 않던 것을 보는 일입니다. 그러면서 나를 다시 돌아보게 되는 눈을 키우는 일이며, 나 자신에게 관심을 두게 되는 일기도 합니다.

자연은 대가를 바라지 않습니다. 그래서 무임승차할 수 있는 야외수업이 됩니다. 산책길 위에서 사랑하려는 몸짓 하나만 짊어지고 홀로 걷고 있으면 됩니다.

게으른 산책을 통해 많은 분들이 지금 이 순간에 머무는 기쁨을 찾기를 간절히 바랍니다.

2014년 10월 10일

지은이 이형록

두 손 모음 _()_

C·o·n·t·e·n·t·s

가을산책

겨울산책

봄 산책

느리게 그리고 자유롭게

해마다 꽃 피우지만 싫증이 나지 않음은

때마다 내 마음이

새로운 마음으로 보기 때문입니다

봄 산책 1

봄빛이 싱그러운 이유는

나무는 누군가 도끼로 자신을 찍어도 말없이 제 몸을 내어 줍니다. 오히려 나무는 자신을 도끼로 찍어 넘어뜨리는 나무꾼 머리 위로 웃으며 꽃비를 뿌려줍니다. 긴 세월을 담고 있는 나무는 아무런 불평 없이 그렇게 서 있을 뿐입니다.

나뭇잎 위로 겨울비가 내려앉았습니다. 전혀 불편해하거나 무거워하지 않고, 나뭇잎을 고이 자기 가슴에 안주安住시킵니다.

나무는 겨울이 되면 자신을 다 놓아버리고도 그 질긴 생명력을 유지합니다. 혹독한 겨울의 시련이 닥쳐도 한 자리에서 움직이지 않고 초연히 그 숙명을 받아들입니다. 그래도 불평 한마디 없습니다. 오히려 봄이 되면 푸른 잎과 꽃을 피우고 피톤치드를 만들어, 다른 모든 생명체에게 무상으로 나누어 줍니다. 또한, 여름이 되면 나무는 그늘을 누구에게나 보상받지 않고 드리워 줍니다.

저도 누군가에게 나무처럼 제 몸과 마음을 전적으로 무상으로 내어준 적이 있었는지? 집착이란 놓으면 될 일이지만 그리 쉬운 것만은 아니지요. 받은 것보다 더 많이 되돌려 준다는 것, 그것이 자비이고 공덕심입니다. 이타행利他行을 위한 나무의 공덕심이 속 좁고 욕심 많은 저를 부끄럽게 합니다. 참을 수 없는 존재의 가벼움입니다.

아무런 보상심리 없이 사람에게 베푸는 나무처럼 사람도 그 누군가에게 그러하다면, 그는 순수한 자비의 사랑을 하는 이입니다. 하나의 촛불로부터 여러 사람이 불을 붙여가도 그 촛불이 그대로인 것처럼, 지혜와 경륜과 사랑의 나눔은 아무리 나누어 주어도 줄어들지 않는 것들입니다. 나무의 그늘은 삶의 휴식처가 됩니다. 삶의 어두운 그늘 또한 그리 생각한다면 그리 나쁜 것만은 아니겠지요.

비 오는 봄날, 병꽃나무를 바라보며 인동초를 그리워합니다. 지금의 이 혹독한 고난을 이겨내고 인고의 꽃을 피워야 할 때입니다.

인동초인 줄 알고 자세히 보았더니 병꽃나무네요. 인동초는 나무가 아닌 덩굴식물로 자라면서도 혹독한 겨울에 그 가녀린 덩굴이 말라 죽지 않고 봄에 다시 싹을 피우기에 고난을 이겨내는 인고의 상징으로 비유되지요.

성숙해진다는 것은 눈물겨운 상처를 허락하는 것입니다. 사람도 상처를 이겨내려면 눈물겹습니다. 숲 속 나무들 또한 눈물겹지요. 눈물겨운 상처를 이겨낸 나무는 한층 성숙한 모습으로 봄을 맞이합니다. 봄은 그래서 눈부시지만 눈물겹기도 합니다.

풀빛도, 대나무도, 하늘의 푸름도 봄빛을 따라 잡지는 못합니다. 봄빛은 겨울을 담고 있어서 더욱 아름답지요. 겨울이 아무리 시샘해도 봄 세상의

도래를 어이하겠습니까. 꽃샘추위에도 봄빛이 싱그럽고 화사하기도 한 이유입니다.

해지는 봄 저녁, 산골 마을 어귀에서는 연둣빛 보리밭에 봄바람이 붑니다. 어귀에 서 있는 나무는 그늘을 만들고, 그 나무 그늘 아래에서 정자가 쉬고, 그 정자가 또 그늘을 만들어 사람이 쉽니다. 산책길에 발길을 멈출 수밖에 없네요.

누군가를 행복하게 만들지 못한다면 울게 하지는 말아야 하건만, 산골 마을 어귀의 노을과 산 능선은 행복하게 만들기도, 눈시울을 젖게 만들기도 합니다.

"봄 햇살에 산하는 눈부시고
봄바람에 풀꽃은 향기롭다.
제비는 진흙 물어와 둥지를 짓고
모래톱엔 원앙이 울고 있다.
강이 푸르니 물새 더욱 희고
산이 푸르니 들꽃 타는 듯하다.
올봄도 이렇게 스쳐 지나가면
돌아갈 그 날은 언제이려나."
– 두보 시, 〈봄날 친구를 그리며〉

봄 산책 2

바람 불어 좋은 날

봄비가 그치니 아직 피지 아니한 어린 홍매화의 꽃봉오리가 꽃을 피우기 위해 망울이 생겼습니다. 해마다 꽃 피우지만, 싫증이 나지 않음은 때마다 제 마음이 새로운 마음으로 보기 때문입니다.

성글고 야위며, 기괴할수록 운치와 품격이 더해지는 홍매입니다. 날씨의 변덕으로 피다 얼고 하지만 몇몇은 참을 수 없는 열정으로 붉게 달아오릅니다.

찬바람이 불어 시샘한다고 시절 인연을 돌이킬 수는 없는 법이지요. 청매가 만개하려면 3월 중순이 넘어야 하는데 열정을 참을 수 없는지 홍매는 시절을 기다리지 않습니다. 인위는 자연의 표현입니다. 붉은 단심은 그렇게 숨길 수가 없나 봅니다. 만약 한 눈이 눈물을 흘린다면 다른 한 눈은 잠을 잘 수 없겠지요.

엄동설한을 견디고 발화한 홍매紅梅와 백매白梅가 매실梅實을 영글기 위해 빗방울을 살포시 머금습니다. 상큼한 내음이 더욱 진합니다. 그 내음 천리향千里香되어 제 마음에도 머금어, 굳은 절개와 고결함으로 마음의 묵은 때를 씻어 내립니다.

매화도 한철입니다. 한창 좋은 시절도 그때가 지나고 나면 그뿐이듯, 제 마음의 깨끗함도 오래가지 않네요. 이맘때면 더럽혀져 굳어진 제 마음의 때를 미는 마음의 때밀이가 더욱 절실해집니다.

봄비가 그치니 매화의 수술이 기개를 발하며 벙글고 있네요. 지난겨울을 잘 견뎌낸 그들의 이력이지요. 매실도 실하게 달릴 겁니다. 끽다거를 위해 한 잎을 따니 그 향기가 손에 물듭니다. 청아하고 맑은 아련한 내음에 코가 간지럽네요. 여운이 가시지 못하고 있습니다.

초점을 맞출 수 없을 정도로 바람이 붑니다. 바람 없이 흔들리지 않고 피는 꽃이 어디 있겠습니까. 섬진강 가에 꽃비가 내립니다. 바람 불어 좋은 날입니다. 사뿐히 지르밟을 수밖에 없네요.

一片花飛減却春　風飄萬點正愁人
且看欲盡花經眼　莫厭傷多酒入脣

"꽃잎 한 장 떨어져도 봄빛이 줄거늘,
수만 꽃잎 흩날리는 꽃 보라에 시름 어이 견디리.
꽃이야 피었다 금세 또 지는 것,
몸에 병 많다 술 마심 주저하랴."
– 두보 시, 曲江 二首의 첫 번째 수

승자는 바람을 보면 돛을 올리고, 패자는 바람을 보고 돛을 내린다 했던가요. 바람에 벚꽃 잎들이 빛을 타고 날고 있습니다. 흩날리는 꽃 보라를 보고, 누구는 날고 있는 것이 아니라 꽃비가 떨어진다 하네요.

봄날이 갑니다. 만개한 벚꽃 아래에서 한낮의 따사로움을 즐깁니다. 봄볕에 누워 마음을 말려 봅니다. 해는 서산에 넘어가고 봄날은 그렇게 가고 있습니다. 떠나는 이는 말이 없다 했지요. 사뿐히 지르밟고 갈 벚꽃길입니다.

바람 불어 참 좋은 날입니다.

봄 산책 3

게으른 산보

목련은 그 무엇보다 먼저 겨울을 벗어납니다. 이제는 모두들 개화하여도 된다고 모두에게 봄소식을 먼저 알리고, 자기의 흰 몸을 검게 물들이며 낙화함으로써 몸소 추위를 이겨내는 모습을 보여줍니다.

하지만 정작 자신은 봄을 즐기지도 않고, 제 소임을 다하고는 질 때는 애절히 검게 타서 한없이 안타깝게 지는, 그래서 더 애처로운 목련꽃입니다. 목련의 희생이 진정 보살심의 발로입니다.

목련 향 아래에서 한참을 젖어 있습니다. 순수한 향이 순수미를 더합니다. 홀로 있으나, 함께 있으나 순백의 미는 변함이 없습니다. 그런데도 오히려 수줍어 몸을 움츠리네요.

목련이 말없이 뿜어내는 삶의 향기를 맡을 제 코의 여유는 없지만, 제 시꺼먼 속이나마 잠시 들여다봅니다. 조금씩 맑아지도록 닦고 비워야겠지요.

완전한 드러냄보다 은은하게 살짝 내비치는 모습이 더욱 아름답듯 수줍은 마음도 그렇습니다. 컬러풀한 것 보다 흑백의 담묵이 수묵화의 향기가 나듯 담백한 마음도 그렇습니다.

바탕색이 단순할 때 붉음이 더욱 드러나 보이듯 단심의 마음도 그렇습니다. 자목련은 내면과 외면이 다 아름답습니다. 바라보는 눈이 변하면 내가 변하지요. 모든 개개인 각자가 스스로 변하면 세상도 변할 겁니다. 나와 세상이 다 아름다운 모습으로 존재케 되는, 그런 내면과 외면이 다 아름다운 이가 그립습니다.

완연한 봄기운이 스멀스멀 기어 올라옵니다. 나는 혹한의 어두운 겨울을 걱정하지 않습니다. 살을 에는 어둠 속으로 한 걸음 더 다가가면 그대가 나를 기다리며 반기기 때문입니다.

그리운 당신, 나는 그대를 봄빛이라 부릅니다. 올해도 봄소식은 여전히 길 따라 전해져 옵니다. 삐뚤빼뚤 날면서도 꽃 찾아 앉는 나비처럼, 내 마음의 봄도 그리 찾아옵니다.

지리산은 지금 고로쇠 물이 한창입니다. 물을 길어와 봄 농사를 준비해야 할 때입니다. 이젠 내 마음의 밭에도 정갈한 물을 대고, 경직되고 굳어버린 마음의 밭고랑을 일구어야 하겠지요.

그런데 저는 산골 마을 어르신들보다 조금 더 천천히 몸을 일으킵니다. 일찍 일어나는 새가 더 많은 먹이를 잡습니다. 그러므로 일찍 일어나는 벌레가 더 빨리 잡혀먹힙니다. 오늘도 마음 밭을 일구는 일을 느리게 시작하는 이유입니다.

지리산 명상원에서의 낙樂은 아마도 그들의 시절 인연을 때때마다 바라볼 수 있음이 가장 크다 하겠습니다.

맨발로 걷는 산보는 게으를 수밖에 없습니다.

걸어보면 압니다. 빨리 걸을 수가 없지요. 발바닥에 전해져 오는 진동과 감촉을 느껴본 자만이 진정한 맨발의 게으른 산보를 즐길 수 있습니다.

아스팔트도, 숲도 누군가에게 하고 싶은 말이 있습니다. 하지만 자동차는 너무도 빨리 달려 가버리기에 그에게 말할 시간을 주지 않습니다. 그의 말을 듣고, 그를 달래주려면 게으른 산보를 해야만 합니다.

게으르게 걸으며 숲이 하는 말에 귀를 기울입니다.

"나는 나무만큼 곧고 의연합니다.
꽃처럼 곱고 향기롭습니다.
잡초처럼 질긴 생명력으로 살아가고 있습니다.
호수처럼 고요함을 담고 있습니다.
강물처럼 유유자적합니다.
그렇게 자연스럽게 쫓기지 않고
여여如如히 흘러가고 있습니다."

자연은 서두르는 법이 없습니다. 저 또한 '스스로 그러하다自然'는 것을 체득시키는 일, 숲 속을 느리게 거니는 이유입니다.

봄 산책 4

시절 인연

이른 아침 우수雨水의 봄비가 촉촉하게 내립니다. 비 오는 녹차 밭은 더욱 시리네요. 비가 오면 산색은 내게로 더 가까이 다가섭니다. 무지개도 제 색을 한껏 뽐내는 그런 비 오는 날입니다. 홀로 걸어도 참 좋은 그런 날입니다.

비 오는 날 우산 쓰는 짐승 사람밖에 없다고 하지만, 비가 와도 우산 안 쓰는 짐승이 되고픈 그런 봄비가 내리네요. 꽁꽁 언 땅이 그 비에 흠뻑 젖어 녹듯이, 내 마음에도 단비가 내려 겨우내 굳어진 마음을 풀어 줍니다. 절대 고독을 어루만지는, 가슴을 적시는 겨울비 같은 봄비입니다. 당당한 실존의 모습처럼 당당히 절대고독과 하나가 되는 봄비가 대지를 적십니다. 봄비는 지난한 겨울의 떼를 스스로 정화하는 봄의 몸짓입니다.

온종일 봄비가 내리는 걸 보니 이 비가 그치면 열매들이 곧 열리겠지요.

명상캠프에 참가한 제자들을 위해 명상원 부원장이 저녁을 마련하는 냄새가 납니다. 칼질하는 도마 소리는 목탁 소리요, 된장국 끓는 내음은 향 내음입니다.

목련과 매화도 꽃비가 되어 흘러내립니다. 꽃이 지기로서니 바람을 탓하겠습니까. "바다는 비에 젖지 않는다."고 헤밍웨이가 말했듯이, 누구에게나 비가 내리지만 가녀린 나뭇잎은 자신의 몸에 폭우를 짊어지고 있어도 아무런 불평이 없습니다.

이 비가 그치고 나면 곧 여름이 무르익겠지요. 임 계신 먼 곳에도 민들레 홀씨 되어 마음 전해봅니다. 나비도 그 마음을 아는지 전령사가 되어 대기 중이네요.

햇살이 그리워, 그 그리움이 나를 살리나 봅니다. 비록 작은 틈으로 들어오는 빛이지만 생명을 동트게 합니다. 한 줄기 희망이란 그런 것이겠지요.

오늘의 해는 무심히 떠오릅니다. 그 무심함이 오히려 만물에게 골고루 햇살을 비추게 합니다. 평등심이란 그런 것이지요.

버스 유리 창문으로 햇살이 비춥니다. 창문 밖으로 내 마음은 이미 달려나가고 있습니다. 햇살은 그렇게 안주와 나태와 무기력과 어둠에서 벗어나게 하는 힘이 있습니다. 햇살이 눈이 부신 이유입니다.

고양이도 널브러져 햇살을 즐깁니다. 개 팔자 상팔자가 아니라 냥이 팔자 상팔자네요. 자연은 무심히 그리 흘러가건만 날 좋은 날, 예쁘게 오기 위해 제 삶은 그렇게 시리도록 아픈 날들이었나 봅니다.

이른 아침에 물을 머금고 잔뜩 웅크린 풀잎에 햇살도 비치었으니, 이제 만개滿開할 일만 남았습니다. 아직은 가녀린 해바라기가 하나같이 다 고개를 숙이고 있습니다.

해는 언제나 그 자리에 있는데 내가 얼굴을 아래로 숙이고, 주변이 움직여 가릴 뿐입니다. 늙고 메마른 얼굴이어도 미소는 잃지 않아야겠지요. 햇살은 공평히 누구에게나 비추고 있으니 말입니다.

햇살 담은 동백꽃은 스스로의 성정으로 인해 꽃잎 하나를 떨어뜨리는 것이 아니라 봉우리 전체로 낙화합니다. 굳은 기개와 절개로 그리움을 떨어뜨립니다.

아마도 유행가 가사처럼 그리움에 지쳐서, 울다 지쳐서 꽃잎은 빨갛게 멍이 들었나 봅니다. 떨어진 동백꽃이 그리움을 더 애절하게 전하는 듯합니다. 담장에 봄빛이 머뭅니다. 자연의 화백이 한 수 치고 갔네요. 봄 색이 화사하기도 합니다. 봄기운이 완연한 나른한 오후, 오랜만의 무료함이 어깨에 머뭅니다.

같은 봄빛이라도 흐드러지게 움트는가 하면, 또는 이미 떨어지고 잘리기도 합니다. 봄은 그런가 보네요.

산골의 인연도 저리 화사한 봄 색일까요. 그리운 이가 가슴에 사뿐히 지르밟고 오시는 날 같습니다.

봄빛으로 내가 내게 하는 선물, 그것도 괜찮겠지요. 나를 사랑하니 내게 주어야겠습니다. 홀로 사는 이의 비참함은 아닙니다. 누구나 홀로 가야 하는 삶이니 솔로의 행복찾기일 뿐이지요.

안분지족 安分知足

읍내시장 골목길을 유유히 걷는 일은 즐거운 일입니다. 정겨운 모습들이 스며있기 때문이지요.

시장에서 장사하는 상인들의 필수는 저울이요, 손님은 옵션입니다. 저울은 자기 무게를 넘지 않습니다. 욕심을 전혀 내지 않습니다. 안분지족安分知足이란 저울만 같으면 되는 일이지요. 상인들은 절대 부서지지 않도록 저울이 견딜 수 있는 만큼만 짐을 지웁니다. 아무리 힘든 일도 스스로 견딜 수 있을 만큼만 주어지는 법입니다.

저울에 아무것도 올려 있지 않아 제로를 가리키는 것처럼 제 고뇌의 무게도 제로이기를 바라봅니다. 그럴 수 없다면 단지 최대치나마 넘지 말았으면 좋겠습니다.

버스정류장과 붉은 우체통은 서로에게 의지가 되는 오랜 친구입니다. 그

들은 모두 기다림의 전문가들이지요.

버스가 오고 가더라도, 소식을 받고 보내더라도, 아무런 불평도 없이 언제나 그 자리에서 그들의 오고 감을 바라봅니다. 모든 이들의 어떠한 발걸음도, 소식도 내치지 않으면서 그저 받고 보냅니다. 붙잡으려 하지 않습니다. 애착도 가지지 않습니다. 내 것이라고도 생각지 않습니다.

그저 인연 따라 흘러오고 흘러감을 바라볼 뿐입니다. 그저 그 자리에서 스스로의 모습으로 기다릴 뿐입니다. 그렇게 삶의 정류장도 오는 이 막지 않고, 가는 이 잡지 않아야 애욕으로 정체되지 않습니다.

그들이 고맙습니다. 늘 그 자리에 있어 주어서 고맙고, 소중함이 함께 들어 있어서 고맙습니다. 설렘과 기다림의 추억이 있는 정겨운 우리네 친구이기에 더욱 고맙습니다.

붉은 우체통은 붉게 타는 기다림으로 언제나 그 자리에 서 있습니다. 늘 그 자리에서 눈이 오나 비가 오나 붉은 가슴 저미며, 등 돌리지 않고 일편단심으로 기다리는 이. 그런 붉은 우체통 같은 이가 그립습니다. 저도 그대에게 그런 붉은 우체통이고 싶습니다. 기다림과 그리움은 이제 설렘이 되었습니다.

"기다림에 익숙하고, 기다림이 나의 숙명이기에, 기다릴 때 난 설레며,
그 기다림이 내겐 행복이어라."
– 어느 방명록에서

대나무 죽순이 아스팔트 길을 뚫고 그 질긴 생명력을 드러냅니다. 제 마음의 번뇌도 아무리 덮고 눌러도 저리 솟구쳐 올라만 옵니다. 덮는 것보단, 누르는 것보단, 걷어내고 비워 텅 빈 자리를 만들어야 하겠지요. 몸이 가는 길은 걸으면 걸을수록 지치지만, 마음이 가는 길은 멈출 때 지친다고 합니다. 하지만 제 마음의 작용은 지칠지라도 멈추어졌으면 좋겠습니다.

"땅보다 무거운 것이 무엇이며,
하늘보다 높은 것이 무엇인가.
바람보다 빠른 것이 무엇이며,
온 세상의 풀보다 많은 것은 무엇인가.
계율의 덕은 땅보다 무겁고,
교만한 마음은 하늘보다 높다.
과거를 기억함은 바람보다 빠르고,
떠오르는 잡념은 풀보다 많으니라."
– 잡아함경

이 무겁고, 높고, 빠르고, 많기도 많은 교만한 마음의 잡념을 어찌할까요. 저는 당신의 시詩에 귀 기울입니다. 그런데 들을 귀가 제게는 없습니다. 그래서 저는 저를 귀머거리라 부릅니다.

하지만 저는 들을 귀가 없기에 마음으로 듣습니다.

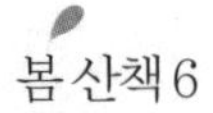

봄 산책6

오만과 편견

추잡하고 무기력한 마음의 비곗덩어리가 쌓입니다. 마음의 다이어트에 들어가야 할 이들이 저 자신뿐만 아니라 작금의 세태에는 너무도 많습니다. 꽃의 시절인 5월도 세월호 참사의 희생으로 허망한 세월로 지나가고 있습니다.

그 와중에도 꽃들은 다양한 표정을 제 몸에 담고 드러냅니다. 한없이 가녀린 것 같지만, 내면에는 기개와 무서움과 분노와 웃음도 내포하고 있습니다. 자연이 인위를 담고 있습니다.

커피는 사랑처럼 쓰고, 악마처럼 새까맣고, 지옥처럼 뜨겁다고들 합니다. 그러면서도 사람들은 설탕을 넣어 달게 마시고, 크림을 타서 부드럽게 희석하고, 후후 불어 식혀 마시며 “맛 좋다”합니다.

어떻게 바라보는가에 따라, 어떻게 적응하는가에 따라 희비는 엇갈립니다. 'Angel in us' 우리 안에 천사가 있답니다. 결국, 내가 바라보는 관점에 따라 모든 것은 달라 보입니다. 저는 누군가에게 어떤 모습으로 내비치는 걸까요.

마음이 열려 있지 않을 때 우리는 얼음처럼 동결됩니다. 결국, 미움과 후회로 시간을 낭비하게 되지요. 마음의 문을 여는 열쇠는 우리 자신이 갖고 있습니다. 나 자신의 마음을 녹일 수만 있다면 사랑하는 이에게 자만심과 자존심을 버리고 자신을 내던지기는 쉽습니다. 자신을 낮추어 고개를 숙인다는 것이 자존감을 버리는 것은 아닙니다.

오만은 누군가가 나를 사랑하지 못하게 하고, 편견은 내가 누군가를 사랑할 수 없게 만든다지요. 나보다는 항상 상대편을 먼저 생각하는 마음이 사랑입니다. 내 마음의 문은 열어 놓지도 않고 "왜 내게 오지 않느냐?" 합니다. 어디에서든 늘 도망치는 사람이면서 "왜 날 잡지 않느냐?" 합니다.

잠시 허리춤에 둘릴 뿐임에도, 바지가 자기의 것인 양 붙잡고 놓지 않으려는 애착 많은 벨트가 많습니다. 붙잡고 있음이 아니라 풀어 놓는 것이 벨트의 본분임을 잊지 않는 것이 그의 존재 이유임에도 말입니다. 놓지 않으려 하면 결국 허리춤에서 잘려야만 풀어질 운명이니 놓음이란 벨트 자신을 온전히 보전하는 지혜입니다.

애착을 놓는다는 것은 번뇌를 끊고 마음의 고요와 평화를 유지하는 지혜임을 벨트가 말 없는 말로 전해주고 있음에도, 저는 아직도 그 애착의 끈을 놓지 못하고 있습니다. 그렇다고 삶 자체를 놓아서는 아니 될 일입니다. 썩은 나무를 베어내라 했더니 숲 전체를 베는 격이 되겠지요.

촛불은 자기 자신을 태워 주위를 밝힙니다. 그런 희생적 사랑은 아닐지라도, 제 마음만이라도 녹여 마음의 문이 열려있어야만 공감과 소통과 공유는 일어나겠지요. 무언가를 완전히 갖추었다는 것은 그것으로 인해 다른 것을 갖출 수 있는 여백이 없다는 말입니다. 꽉 차서 더는 들어갈 여유가 없는 사람에겐 새로운 무언가를 위한 설렘이 없습니다. 그래서 항상 여백의 미를 가져야 하지요.

나카무라 미쯔루는 사랑은 곱셈이라고 합니다. 네가 제로라면 아무것도 아니란 것이지요. 그렇습니다. 나 또한 제로가 되면 어떤 사랑이 와도 마음에 장애를 일으키지 않겠지요.

내가 비움으로써 너도 비움이 됩니다. 비움이 오히려 더 큰 사랑이 되는지도 모를 일입니다. 그 사랑은 여백의 미와 텅 빈 충만으로서의 공空의 실천이 됩니다.

몽테뉴는 그의 수상록에서, 한 사람이 소크라테스에게 아무개는 여행하고 왔건만, 조금도 나아지지 않았더라고 말하였더니, "아마도 그 사람은 자기를 짊어지고 갔다 온 모양일세."라고 대답했다고 합니다.

나는 나의 길에서 무엇을 거추장스럽게 짊어지고 걷고 있는 것일까요? 가장 거추장스러운 아집我執과 아상我相을 짊어지고 걷고 있겠지만, 그것을 그냥 내려놓지 못함은 애착과 미련과 미망迷妄 때문입니다. 다 비웠다면 무엇이든 담을 수 있겠지만, 그렇다고 채우지도 못한 저는 비우지도 못하고 아직도 애욕과 탐심으로 헤매고 있네요.

어디로 가시나이까.

봄 산책 7

지금 바로 여기에

함민복 시인은 말한다.

"삐뚤빼뚤 날면서도 제자리 찾아 앉는 나비를 보아라. 마음아!"

하지만 나비는 삐뚤빼뚤 나는 것이 아니라, 그의 본성이 그러하기에 그리 나는 것이지요. 우리네 마음이 그를 그리 볼 뿐입니다.

나비의 제자리는 어디인가요. 그가 앉고 싶은 어느 곳이든 제자리가 됩니다. 시멘트 바닥이든 꽃이든, 앉은 곳이 제자리가 됩니다. 어느 곳에 머물 든 마음 두는 곳이 제자리입니다.

깊은 산 속 외딴 오막살이에 숨는다고 은둔이 되는 것일까요? 마음 가득 번뇌와 탐욕으로 매 순간 얼룩져 있다면, 몸은 홀로 속세와 떨어져 있을지 몰라도 그것은 은둔이 아니라 아비규환이며 생지옥이 따로 없습니다. 속세를 그대로 옮겨 놓은 외딴 오막살이에 불과합니다. 오히려 그곳에서 벗어

나고 싶어 몸부림칠 것입니다.

궁극적인 은둔처는 나 자신의 밖도 아니고, 미래의 어느 장소도 아닙니다. 이미 지금 바로 여기에 있습니다. 단순히 속세로부터 몸만 감추는 것이 은둔이 아니라, 마음의 번뇌에서 벗어나는 것이 진정한 은둔입니다. 저는 이 외딴 산골 마을 지리산 명상원에서 진정한 은둔으로 살아가고 있는 것인지 돌아봅니다.

마음자리 하나 행복 자리에 두지 못하는 고단한 삶입니다. 어쩌면 이 모든 것이 장자의 나비일지도 모를 일입니다.

자유로운 영혼의 방랑벽은 필수이며 의무입니다. 한 곳에 머물지 않고 미지를 향해 떠나는 여행지는 옵션이지요. 하지만 그 떠남과 방랑은 자신 스스로 붙박이로 정박하고 머물고 싶어서인지도 모릅니다.

나무는 그 어떤 존재에게도 공평히 휴식의 그늘을 제공합니다. 하물며 자신을 죽이는 매연을 뿜어대는 트럭조차도 아무 말 없이 감싸 안습니다. 하지만 얼마나 고통스럽다고 외칠까요. 그래도 자기 자리를 떠나지 않습니다.

나무가 입 없이 하는 말을 들을 귀가 다만 우리에겐 없을 뿐입니다.

방랑에 지치고 경직된 몸과 마음을 나무 아래에서 휴식하며 이완합니다. 그저 그렇게 쉴 수만 있어도 나무의 그늘은 너무도 고맙습니다.

새는 세상을 날며 그 날개가 세상에 닿지 않습니다.

순간이라는 영원, 찰나의 연속성이 제법諸法이니 그 한순간에 미망한 번뇌를 담을 여유가 없습니다. 순간으로 점철된 지금 여기라는 현재에서만 머물기도 바쁩니다. 생각의 짐을 머리에 지고 걸을 여유가 없습니다.

모든 존재는 순간을 살아가고 있을 뿐입니다. 죽음마저도 순간입니다. 매 순간의 발걸음이 완전합니다. 그저 걷습니다. 그냥 걷습니다.

치유의 봄이 다가오는 새벽, 나는 지금 이 순간 처절하고도 간절히 걷고나 있는지?

그렇게 순간을 영원처럼.

봄 산책 8

들꽃과 들풀

꽃을 보고 이 꽃이 더 예쁘다, 저 꽃은 못 생겼다 말하는 이가 있습니다. 하지만 꽃은 자기의 본성대로 필뿐입니다.

향기도 기분 좋은 향긋한 향기가 있고, 혐오스런 향기가 있다고 말들 합니다. 하지만 그들은 저마다의 제 향기를 뿜을 뿐입니다. 하나의 가지에서 나도 각자의 색은 다른 것이지요.

들꽃과 들풀들은 서로 시기하지 않습니다. 서로에게 무어라 말하지 않습니다. 제 자리를 지키며 자신을 뽐낼 뿐입니다. 어떠한 들꽃도 곁에 있는 꽃들과 같아지려 하지 않습니다.

다양성을 인정함으로써 자연은 그렇게 융화되어 조화를 이룹니다.

제각기 목소리를 내어도 불평하지 않지요. '옳다, 그르다'고 서로 논쟁하지 않습니다. '잘났다, 못났다'고 서로 분쟁하지도 않습니다. 그저 서로 들

어줄 뿐입니다. 다만 사람이 '이렇다, 저렇다' 이름 지어 부를 뿐이지요. 하지만 그 모든 것은 감각과 마음의 경계일 뿐입니다. 그들은 저마다의 제 향기를 뿜을 뿐임에.

들꽃과 들풀들을 만나는 기쁨은 게으른 산책의 즐거움 중 큰 기쁨입니다. 생각지도 않던 그들과의 만남은 익숙한 처음처럼 와 닿아 친구가 됩니다. 순간에 지고, 순간에 피는 것들의 발견과 대화는 나의 심장을 뛰게 합니다.

계란 프라이 닮은 개망초. 이름이 묘하지만, 어느 누가 이렇듯 온몸으로 밝고 맑게 웃을 수 있겠습니까. 사람이 제 마음대로 함부로 붙인 이름일지언정, 개망초는 함부로 헛되이 꽃 피운 적 없습니다.

한낱 잡초일지는 모르지만, 자연이 파괴된 곳에선 제일 먼저 회복 작업을 시작합니다. 그는 위태로운 생태계에 투입되는 산소통입니다. 그저 지천으로 핀 꽃도 엮으면 꽃다발이 되지요. 무수한 모래도 조개가 품으면 진주가 되듯이 말입니다.

들꽃들은 아주 작고 여리지만 강렬한 빛깔과 향기로 자신을 드러냅니다. 사람의 발에 짓밟히지 않고, 꺾이지 않고 살아가는 들꽃의 생존방법입니다. 산책길에서 만난 들꽃과 들풀들은 하나같이 겸손하지요. 그들이 낮게 자라는 것은 나무처럼 높게 자라지 못해서가 아니라, 세상은 넓고 하늘은 높다는 것을 알기 때문입니다. 낮추어도 하늘은 넓게, 땅은 깊게 부둥켜안고 살아갑니다.

"사람들이 모이면 주로 꺼내는 말이 첫째는 자기 잘난 자랑이고, 둘째는 남 못났다는 허물이다. 이것이 바로 아상我相이 담긴 대화의 전형이다. 내 자랑을 많이 해야 내가 드러나고 남 허물을 들추어내야 내가 높아진다고 착각하는 것이다. 다툼이란 내 안의 문제이지 상대와의 문제가 아니다. 다툼이 일어나면 곧장 내 안을 들여다보고, 그 안에서 원인을 찾고 해결책도 거기에서 구하라."

– 부처님 말씀 중에서

숲 속의 나무들과 들풀과 들꽃들은 자기를 자랑하지도, 서로 다투지도 않기에 아상我相이 없는 자연이라 불립니다. 그들이 사람보다 부처님의 말씀을 더 잘 실천하고 있음입니다.

가꾸지 않아도 저절로 나서 자라는 잡초는 변장한 꽃이라는 말이 있습니다. 아무도 쳐다보는 이 없지만, 이름 없어 누군가 알아주지 않아도, 자신만의 꽃을 피우며 숲 속 어느 한 곳을 아름답게 장식하며 수많은 세월을 살아왔습니다.

밟아도 짓이겨도 죽지 않는 질긴 생명력으로 그리 이겨내고 있습니다. 변장한 꽃이기에 잡초로 보일 뿐, 그는 진정 아름다운 꽃입니다. 나의 삶도 아무도 쳐다보는 이 없지만, 누군가 알아주지 않아도, 세상 어느 한구석에 자리하며 세상을 아름답게 장식하고 있겠지요. 변장한 잡초처럼 세상을 이겨내고 있습니다.

코끼리가 지나가며 흘린 똥은 대부분이 건초더미로 이루어져 있습니다. 그 큰 몸을 지탱할 힘의 원천은 바로 들풀인 것이지요. 들풀은 작지만 가장 큰 코끼리의 몸을 지탱하게 하는 큰 에너지를 지녔습니다. 작다고 해서 여리다고 해서 힘이 없는 것이 아니지요.

들풀이 없는 곳에선 코끼리의 생존이 어렵습니다. 그 작고 힘이 없어 보이는 들풀이 그들의 삶을 좌지우지 합니다.

강풍 속에서는 고개 들고 곧게 서 있는 나무보다 누운 풀이 가장 강건히 살아남습니다. 자연은 조금의 과욕도 자만심도 허락하지 않지요. 감히 꽃반지를 하기에는 사치입니다. 누운 풀처럼 자기를 낮추어야 하는 이유입니다.

들꽃들은 벌과 나비에게 제 몸을 내어 주고도 한 마디 불평도 없습니다. 진정한 희생이란 자기 몸을 내어주고도 아무런 보상을 바라지 않음입니다. 그래도 벌과 나비가 그들을 번성시켜주지요.

붉은 장미가 아름다운 것은 초록의 배경이 아름다워서입니다. 그 누군가에게 아름다운 배경이 되어준다는 것은 그렇게 푸른 마음이어야 합니다. 저도 그렇게 그 누군가에게 아름다운 배경이 되고 있는 건지. 무배경이란 배경이 없음이 아니라 여백이라는 가장 큰 배경이 됩니다. 어쩌면 무심의 빈 마음이 가장 아름다운 배경은 아닌지요.

봄 산책 9

느림의 미학

자전거 경주가 열렸습니다. 고작 결승점이 10미터밖에 되지 않았지요. 경기 타이틀이 "누가 더 느리게 도착하는가."였습니다. 단, 넘어지지 않아야 하고, 발로 서 있으면 안 되고, 뒤로 가서는 안 되는 규칙과 함께 말입니다.

빨리 가는 것이 승리하는 것이 아니라 중심을 잡고 가는 과정이 더 중요하지요. 그러려면 서두르지 말고 천천히 여유를 가져야겠지요. 그래야 심사숙고할 수 있습니다. 그래야 주변을 살펴볼 수 있고, 즐길 수도 있습니다.

처음 자전거의 페달을 밟을 때는 힘이 들지만, 바퀴가 굴러가고 난 후에는 페달을 밟지 않아도 자전거는 힘들이지 않고 저절로 굴러가듯이, 삶에도 탄력이 붙으면 스스로 자연스럽게 힘들이지 않고 흘러갑니다.

내달리지 마십시오. 내달리는 것도 중요 하겠지만, 느림의 미학으로 쉬어가는 여유를 가지시기 바랍니다.

삶은 살아가는 길이기도 하지만 어차피 죽음을 향해 가는 길이기도 하기에 서두를 필요는 없습니다. 일찍 일어나는 벌레가 먼저 잡혀먹힙니다.

세상은 넓고도 높은데 마음이 옹졸한 이는 스스로 좁고 낮다고 합니다. 세월은 길고도 깊은데 급히 내달리는 이는 스스로 짧고 얕다고 합니다. 바람과 눈과 비는 한가로운데 탐욕이 많은 이는 스스로 조급하고 번거롭다 합니다.

산의 정상을 오르는 길은 여러 갈래입니다. 첩경도 있고 굽이치며 돌아가는 길도 있습니다. 하지만 어느 길을 선택하든지 어차피 정상을 향해 가고 있고, 좀 더 먼저이거나 좀 더 늦게 도착할 뿐 틀린 길을 가는 것은 아닙니다.

다른 길을 간다고 틀린 길을 가는 것은 아닙니다. 다름은 단지 다를 뿐 틀린 것은 아니지요. 당도할 저 산의 정상이 기득권과 행복이 아니라, 북망산의 정상이라면 그대는 첩경과 돌아가는 길 중 어느 길을 택하겠습니까.

누구에게나, 무엇에나 절정으로 치닫는 시기가 있습니다. 절정은 한순간입니다. 하지만 한순간에 져버릴지라도 그 절정을 향해 치달리고 있습니다. 그 처절함의 긴 시간이 절정의 한순간보다 못한 것은 아닙니다.

절정에선 결국 내려놓아야 하는 허무함이 기다리고 있지만, 치달리고 있는 동안에는 설렘과 기대가 충만해지고 있습니다. 그래서 더 아름다운지도 모르지요. 꽃들이 만개하는 절정만이 가장 아름다운 때는 아닙니다.

반가운 벗이 찾아와 재첩국 한 그릇 함께하며 하동 섬진강에서 한가로이 강태공이 되어 마음을 낚았습니다.

구름도 잠시 쉬어갑니다. 섬진강변 송림을 거닐 수 있음은 제겐 큰 축복입니다.

구름 한 조각 손에 쥐고 걸은 들 얼마나 무거우랴. 나 또한 아주 가벼운 깃털 하나임에.

강태공이 이태백을 울립니다. 흐르는 강물에는 같은 물에 두 번 다시 발을 담글 수 없듯이 만물은 유전합니다. 잡는다고 잡히지도 않는 세월을 느리게 낚고 있습니다. 진정한 낚시는 인간을 영성과 초월로 낚아 올리는 일입니다. 스승이란 영혼의 낚시꾼이겠지요.

느림의 미학은 그런 것입니다.

봄 산책 10

천리향과 파이프

담뱃값이 오른다 해서 파이프를 막상 꺼내놓고 보니 귀차니즘으로 인해 청소하다 맙니다. 20여 년 전, 이태리 베로나에 갔을 때 사놓은 파이프들이 아직도 건재하네요. 장인정신이 대단한 이태리에는 파이프 관련 잡지가 월간으로 발행될 정도입니다.

호박 보석과 산호로 만들어진 파이프는 파이프 애용가라면 가장 탐내는 파이프인데 캡턴 블랙 블루 로열만 넣어서 애용합니다. 다른 파이프에는 골드로 이용하지요.

파이프는 교수 시절 연구실에서 수업을 마치고 간간히 태우면, 그 아로마틱한 향이 교수 연구실 복도 전체로 퍼져나가 여교수님들이 커피 향인 줄 알고 제 사무실로 차 마시러 방문하곤 했었습니다.

파이프를 보니 어릴 적 곰방대로 뒤통수를 치시던 조모님이 그립네요.

아름다운 주름진 세월의 손가락으로 삶의 고단함을 담배 한 개비 빠는 것으로 서글픔을 달래셨지요.

지팡이에 의지하며 몸을 기대듯, 싸구려 궐련 한 개비로도 마음은 의지하며 기댈 수 있습니다. 어떨 때는 그 담배 한 모금이 삶의 이완과 휴식을 가져다주기도 합니다. 또한, 육체적 고통과 마음의 번뇌를 잠시나마 잊게 해 주는 것처럼 느껴지기도 합니다. 하지만 그렇게라도 무언가에 기대어야만 하는 나약한 무기력이 우리의 서글픈 삶의 모습이기도 합니다.

술이든 담배든 기호품이니 각자의 기호에 맞으면 애용하거나, 맞지 않으면 애용하지 않으면 됩니다. 하지만 기호품은 절제와 조절이 필요한데 자유의지가 강하지 않으면 문제가 됩니다. 또한, 자신뿐만 아니라 다른 사람에게 건강상의 피해를 주는 담배의 해악은 참으로 크겠지요. 그럼에도 불구하고 한 개비의 담배를 입에 문다는 것은 무료함을 달래는 황혼의 노인들과 글 쓰는 이나, 막노동의 고된 노동의 틈 사이에 잠시의 순간이나마 여유를 만끽하는 시간이 되기도 합니다.

군복무시절의 담배 연가를 어렴풋이 떠올려 봅니다.

"식후 불연초면 조실부모하고, 자손만대 저능아만 속출하고, 사후 지옥행이다. 눈뜨면 기상초, 노가다의 즐거움인 휴식초, 구보 후에 호흡초, 독수공방의 독신에겐 심심초, 잠잘 때 취침초, 친구 만나 우정초, 애인 만나 사랑초, 회사업무에서 회담초, 고향이 그리울 때 추억초, 떠나간 연인을 위한 실연초, 외로울 때 고독초, 임 그리워 애절초, 젊은 날의 동심초, 돈 없을 땐 꽁초! 고독한 자의 반려자요, 독신자의 친구요, 배고픈 자의 일용할 양식이요, 마음이 약한 자의 강심제요, 추운 자에게는 불이 되리니, 하늘 아래 이런 약초가 어디 있으랴."

하지만 그 많은 이유와 찬미에도 불구하고 담배의 백해무익은 자명한 사실입니다. 아무리 향기로운 파이프 담배일지라도 명상원에 피어 있는 천리향보다는 못합니다. 다향천리라 했던가요. 차 향과 꽃의 향기가 천리되어 퍼지듯 덕이 있는 이의 향기는 바람도 거스르지 못합니다.

어떤 꽃도 혼자서 스스로 피는 꽃은 없습니다. 흙과 태양과 물과 바람이 있기에 피워지는 것이며, 서로 부딪히며 흔들리며 더욱 아름답게 피는 것입니다. 함께 해서 더 아름다운 것이지요. 그것이 함께 더불어 살아야 하는 이유이며, 주변을 살펴야 하는 지상명령입니다.

존재하는 모든 살아 숨 쉬는 생명은 모두 다 제 나름대로 꽃을 피웁니다. 꽃만이 꽃을 피우는 것은 아닙니다. 사람도 사람의 향기라는 꽃을 피웁니다. 그 향기는 천리향, 만리향이 되어 주변을 진동케 하지요.

꽃은 어디에도 핍니다. 어디에 피어도 꽃은 꽃입니다. 벽에서도 꽃 마음은 활짝 피어납니다. 향수를 뿌리지 않아도, 화장하지 않아도, 향기로운 향내와 아름다운 모습을 피우는 꽃은 스스로 아름답다 말하지 않습니다.

존재 자체만으로도 향기로운 이가 그립습니다. 그런 말없이 아름다운 이가 곁에 있으면 참 좋겠습니다.

산천을 발아래에 누고 산바람 맞으며 눈을 감고 음미하는 신선초를 태웁니다. 허공에 구름처럼 퍼져가는 담배 연기가 마치 삶이 허망하게 연기처럼 날아가는 것만 같습니다.

봄 산책 11

무소유

준비의 과정은 분주하나 준비의 완료는 언제나 고요합니다. 바닥의 채움은 창공의 텅 빔이 있기에 더 가치가 있습니다.

무소유는 갖지 않음이 아니라, 소유하되 가진 것에 대한 집착을 놓는 것이지요. 그 어느 것도 내 것으로 가질 수 없음을 말합니다. 또한, 소극적인 놓음만이 아니라, 제 몫을 내어 주어 타他를 이롭게까지 하는 것입니다.

이미 문밖에 내놓은 물건은 누가 가져가도 뭐랄 사람은 없습니다. 그런데도 미련이 남는다면 그것이 애착입니다. 창공도 대지도 절대 그 무엇도 가지려 하지 않습니다. 그저 있는 그대로 놓아둘 뿐입니다.

진리를 표현하는 다섯 가지 방식엔 받아들임, 놓아버림, 알아차림, 내맡김, 나눔이라는데, 이 다섯 가지 덕목을 제 삶에서 꽃피워내기란 참으로 어렵고 멀기만 합니다. 아마도 아직 놓아버릴 그 무엇이 너무도 내 안에 많기

때문이겠지요. 비어 있거나 꽉 찬 병은 흔들어도 소리가 나지 않습니다. 덜 찬 놈이 시끄럽습니다.

바위 사이의 협로를 지나야 대웅전이 나옵니다. 살찐 이들은 지나갈 수 없습니다. 저 너머에 텅 빈 충만의 새로운 세상이 도래하니 조금은 비우고 버리고 놓고 오라는 것이겠지요.

소유욕과 탐욕의 넓이는 바다와 같아, 끊임없이 마셔도 양이 차지 않고 갈증만이 더 합니다. 마음의 넓이도 바다와 같아, 끊임없이 채워도 채워진 것 같지 않고 허전하기만 합니다. 물고기는 물속에서도 목이 말라 죽습니다.

뇌에 작용하는 신경전달물질을 분비하여 숙주가 된 곤충이 스스로 물속으로 뛰어들어 자살하게 한 후 몸체를 뚫거나 배설강을 통해 빠져나가는 연가시를 보며, 제 몸과 마음에도 징글맞은 소유욕과 탐욕이 꿈틀거리고 있음에, 그 소유욕과 탐욕의 갈증이 결국은 나를 말라 죽게 만들고 삼켜버리게 됨을 저어합니다.

인간의 마음에서 탐욕과 소유욕은 집착을 낳고 집착은 살인을 낳습니다. 타인을 죽이기보다는 나 자신의 욕망을 죽이는 것이 더 힘든 일임을 자각하게 합니다. 내면에 자리하고 있는 소유욕과 탐욕의 연가시를 박멸하는 회충약이 무소유의 마음이겠지요.

쓰러진 고목은 죽은 것이 아닙니다. 제 몸을 내어주어 버섯의 자양분이 되고 있습니다. 또한, 사람에게는 자신의 몸마저 태워 땔감이 되어 줍니다. 죽어서도 이타행利他行을 실천하는 고목의 이력에는 아무것도 바라는 바가 없습니다.

그렇게 나무의 무소유의 마음을 닮은 이들이 많기를 바라는 건 제 욕심일까요. 욕심부리는 저 스스로는 그러하고 있는지 부끄러워집니다.

봄 산책 12

뿌리 깊은 나무는 바람에 뽑히지 않듯이

왜 나무는 이다지도 꼬여야만 했을까요. 하지만 꼬여있다고 다 잘못된 것은 아닙니다. 곧게 뻗어 나가는 것만이 능사는 아니지요. 꼬여서라도 피해가야 성장할 수 있었기 때문입니다. 자기를 주장하지 않고 아무런 불평 없이 자신을 변형시킨다는 것은 고통이 아니라 아름다운 일입니다. 생존은 그러합니다.

나무는 그저 그러하게 흐르는 대로 흐를 뿐입니다. 나무는 그대로 움직이지 않고 곧게 서 있고 싶지만, 휘몰아치는 바람이 그를 휘게 하듯, 원래의 마음은 흔들림 없이 강건하나, 주변의 세속적 욕망과 유혹이 사람의 마음을 흔들어 미혹게 합니다. 비록 바람에 흔들릴지라도 뿌리 깊은 나무는 뽑히지 않듯이, 근본이 곧고 기개가 깊은 마음은 그 중심이 흔들리지 않습니다.

나무는 바람에 흔들리지만, 나뭇잎은 그 바람결 따라 흔들리는 왈츠를 즐깁니다. 흔들리는 것을 허용하지 않으면 떨어진다는 것을 알기에 그는 바람마저도 즐기는 것이지요. 흔들리는 삶에 흔들거림을 수용하고, 끌려가기보다는 즐길 줄 아는 자세를 흔들리는 나뭇잎에게서 배웁니다. 바람 불어 좋은 날입니다.

사시나무는 잎보다 긴 잎자루가 있어 약간의 바람에도 잎이 흔들리고 햇빛에 반사되어 은빛을 띠는 은녹색銀綠色으로 보여 백양나무라고도 합니다. 오한이 들면 사시나무 떨듯이 떨고 있다고 하지요. 하지만 사시나무는 아이러니하게도 신경통이나 치통 등의 증상에 한약재로 쓰입니다.

바람에 흔들리지 않고, 떨지 않고 자라는 나무가 어디 있겠습니까마는, 사시나무의 커다란 부채 모양의 잎은 바람을 무척이나 잘 받는 형태로 생겼고, 또 그 잎에 붙어있는 가늘고 기다란 잎자루는 탄력이 많아서 아무리 작은 산들바람의 진동에도 움직일 수 있는 구조를 갖추고 있기 때문에 더욱 떠는 것처럼 보입니다.

또한, 사시나무는 생장이 빠른 나무이기 때문에 많은 양의 물을 잘 빨아들이는데, 빨아올린 토양수를 빨리 공기 중에 방사하기 위해 잎을 마구 떠는 것이기도 합니다. 사시나무의 떠는 소리는 분명히 바람에 잎이 흔들리는 소리이기도 하겠지만, 사시나무 스스로가 내는 울음소리이기도 합니다. 아마도 바람 소리보다 더 크게 소리 내어 울부짖는지도 모르지요. 사시나무 스스로 만들어낸 격조 높은 지혜와 삶을 살아가는 그의 이력입니다.

바람이 거셀수록 나무는 자리를 피해 옮기는 것이 아니라 뿌리를 더 깊이 내립니다. 날이 추워질수록 나무는 더 두껍게 자신의 몸에 옷을 입히는 것이 아니라, 오히려 자신의 잎을 떨어드려 옷을 벗습니다. 강건함과 비움

의 지혜를 나무로부터 배웁니다.

나무에는 그 모습 속에 삶의 애환이 깃들어있습니다. 넘어지고 상처를 입어도 자리를 지켜야만 하는 숙명이 있습니다.

나무나 사람이나 땅바닥에 영원히 뿌리내리고 굳건히 서 있기란 참으로 힘든 일이지만, 외부의 물리적 요인에 의해 강제로 뽑히지 않는 한, 나무는 가지가 찢겨 나가고 몸통이 부러져도 그 자리에서 뿌리를 움직이지는 않습니다.

하지만 우리는 우리의 근본을 외부의 물리적 요인뿐만 아니라, 스스로 너무나 쉽고도 가볍게 그 근본을 흔들고 뿌리째 뽑아 버립니다. 멘붕은 그 근본의 상실이 초래한 결과입니다. 마음의 빗장을 잘 여미어야겠습니다.

나무껍질에 아로새겨진 상처는 단순한 상처가 아닙니다. 나무의 마음이자 뜻이며 수행이자 기도입니다. 소리 없이 피고 지는 삶의 기록입니다. 그렇게 나무는 한 자리에서 오랜 세월을 지켜 옵니다.

저도 나무들처럼 여여如如히 변함없이, 그 누군가에게 움직이지도 않고, 한 자리에 굳건히 서 있을 수 있는, 그 누군가에게 그런 이로 남고 싶습니다.

나무가 요즘 제게 원태연 시인의 시詩로 하소연합니다.

"넌 가끔가다 내 생각을 하지, 난 가끔가다 딴 생각을 해."

하고 싶은 말을 다하고 사는 사람도 없겠지만, 겨우 숨만 쉬고 그 자리에 움직이지도 않고 서 있는 나무는 하고 싶은 말을 가지지도 못했습니다. 나무답게 산다는 것이 얼마나 자기를 버리고 사는 것인지 숙연해집니다.

소나무가 수액을 맞습니다. 저도 자양분이 필요한가 봅니다.

봄 산책 13

그림자

빛이 있기에 그림자가 존재합니다. 그림자는 빛이 사라지면 없어진 듯 보이나, 사라지기보다는 서로에게 잠시의 자리를 내어 주고 있음입니다. 그림자와 빛은 언제나 그 자리에 있습니다. 다만 우리의 눈으로 볼 수 없을 뿐입니다.

제가 어떤 모습으로 존재하더라도 시시때때로 변하는 녀석이지만, 그래도 아무런 불평 없이 따라오는 친밀한 녀석입니다.

홀로 외로이 먼 곳에 머물러도 그는 항상 동반자가 되어 저를 어루만집니다. 그를 편히 쉬도록 잠재우기 위해 어둠 속으로 들어가도 녀석은 제 지친 몸 아래에서 저를 떠받들어줍니다. 비록 제가 강풍에 휘청거려도 그의 중심축은 언제나 여여如如합니다.

그림자! 그만한 친구가 없습니다. 동반의 길이 아름답습니다. 그럼에도 불구하고 절대고독은 존재하겠지만, 평생 외로움에 젖을 일은 없습니다.

그런 그림자처럼 한결같은 친구가 있으면 좋겠습니다.

나도 그 누군가에게 그림자처럼 그러하고 있는가?

내 마음의 그림자는 어디에 있는가?

그림자 밑으로 내 마음을 숨겨 놓았기에 보이지 않는 것인가?

마음은 의식이고, 의식은 물질(Consciousness is the matter)이기에 마음의 그림자는 반드시 어딘가에 존재합니다. 내 마음의 그림자가 바깥으로 비치지 않는 걸 보면, 나 스스로 지웠나 봅니다. 아니면 볼 수 있는 눈이 없는지도 모릅니다. 하지만 숨긴다고 숨겨질 마음이 아니기에 마음의 그림자는 내면에 스스로 드러내고 있습니다. 그것이 바로 양심이지요.

대학 시절 그 누군가에게 키다리 아저씨가 되어주는 꿈을 꾼 적이 있었는데, 저 자신의 무능력함과 무기력으로 그 꿈을 실현하지 못하고 있습니다. 존재하는 것만으로도 그저 느끼고 전해지는 것이겠지만, 그 누군가에게 그런 키다리 아저씨가 되고자 하는 마음의 그림자가 생겼으면 좋겠습니다. 마음의 그림자가 앙금으로 남아 있습니다.

그림자란 나 자신의 반영된 모습입니다. 언제, 어디서, 어떻게 서 있느냐에 따라서 달라지는 것이지요.

그림자는 내 인생의 걸어온 흔적으로 반영됩니다. 그림자가 된다는 건 닮는다는 것, 나를 내세우지 않고 바로 지금 여기(Here & now)에서 함께 호흡하는 것입니다.

진정한 반영이란 있는 그대로를 받아들이는 것입니다. 그 누군가가 나의 존재를 있는 그대로 받아들여 준다는 것만으로도, 누군가의 그림자가 된다는 것만으로도, 그 존재는 살 의미와 가치가 있는 것이지요.

그림자가 실물보다 더 아름다운 것은 잡다한 것을 드러내지 않음 때문일까요.

그림자도 대화를 원합니다. 다만 내게 들을 귀가, 말할 입이 없을 뿐입니다. 나는 대지에 발을 붙이고 제대로 서 있기나 한 건지. 그림자가 되어 그렇게라도 대지에 터치하고 싶습니다.

봄 산책 14

길

마음의 문고리가 걸려있습니다. 대도무문大道無門! 큰길에는 그저 길 만 있지 문은 없습니다. 대도大道를 구하는 수행의 길에는 걸림과 거칠 것이 없습니다. 또한, 바로 갈 수 있는 첩경도 없습니다.

누구나 그 길을 걸으면 문이 따로 없기에, 스스로 만든 문 안에 숨기려는, 스스로 만든 문밖에 잔재주를 내어 놓으려는 작위를 할 필요가 없습니다. 들어가는 곳도, 나오는 곳도 따로 있지 않습니다. 문 없는 문을 두드리고, 문 없는 길을 갑니다. 어쩌면 그 길이 '문'일지도, 아니면 '문 없는 길'을 지금 가고 있는지도 모릅니다. 길 위에서 있으면서도 길을 묻습니다.

정해진 길은 없지요. 걸으면 그것은 모두 길입니다. 앞에 놓인 어떤 길도 걷지 못할 길은 없습니다. 우리의 앞은 모두 길道이 됩니다. 그저 무소의 뿔처럼 혼자서 가십시오!

쿠오바디스, 어디로 가시나이까? 길 없는 길에서 길을 묻습니다.

도道를 찾아, 절대와 신을 찾아 길을 나섭니다. 하지만 절대와 신의 세계에서 저는 길을 잃었습니다. 길을 잃고 나서야 내 안에서 절대와 신이 발견되었습니다.

큰 바위 얼굴을 닮으려고 멀리 찾아 헤매었으나 집으로 돌아와 보니 바로 곁에 있었습니다. 신성은 이미 내 안에 담겨 있었음에 그렇게 저는 이미 닮아 있었습니다.

산이 먹구름을 맞이합니다. 한쪽으로 기운 소나무는 산 정상을 향해 몸짓하고 있나 봅니다. 묵묵히 서 있는 산을 바라보며 산에 묻힌 산악인들의 혼을 생각합니다.

"설혹 너의 형편이 절망하지 않을 수 없더라도 그래도 절망은 하지 마라. 이미 끝장이 난 듯싶어도 결국은 또 새로운 힘이 생겨나는 것이다. 최후에 모든 것이 정말로 끝장이 났을 때는 절망할 여유도 없지 않겠는가."
– 프란츠 카프카

자신이 가야 할 방향을 믿는다는 것! 그것은 자신을 믿는다는 것이지요. 누군가의 등대가 되기 위해, 길 없는 곳에 길을 만든, 그래서 산에 묻힌 산악인은 한 발 한 발 내딛는 발걸음이 행복하였고, 그의 인생 여정은 황홀하였을 겁니다.

삶의 등대가 되어준 산악인들은 몸은 비록 산에 묻혔지만, 그들의 정신은 우리들의 가슴에 영원히 살아있습니다. 누군가는 죽음이 산악인을 덮친 것이 아니라, 그들이 죽음을 성취한 것이라고 말합니다.

산에 가야 산악인이기에 산악인은 죽는 날까지 산에 가야 한다는 한 산악인의 말처럼, 결국 그들은 산의 정상을 쟁취하려 한 것이 아니라 죽음을 성취한 것이지요.

스티브 잡스는 죽어가면서 이렇게 3번이나 말했다고 합니다.

"Oh, wow!"

그에게 보인 생의 저편에 있는 죽음의 세계는 감탄사를 연발할 만큼 'wonderful'한 것이었거나, 아니면 살아온 그동안의 생이 감탄할 만하였던 것이었겠지요. 우리가 죽을 때 "인생은 아주 멋지고 경이롭고 아름다운 것이었어(Life has been wonderful). 그런데 저 죽음의 세계도 경이로운데!" 라고 말할 수 있다면, 그는 생의 매 순간을 최선을 다해 절실히 아름답게 걸어온 자입니다.

최선을 다했기에, 더는 생에 대한 미련과 애착이 없기에, 죽음의 세계 또한 그에게는 감탄사의 세계이지요. 죽음의 발걸음이 경쾌합니다.

비록 지금 여기의 길이 넓고 편안한 길일지라도 고지가 바로 저긴데 예서 말 수는 없습니다. 넓고 편한 길도, 좁고 힘든 길도 단지 하나의 길일뿐입니다.

누구도 살아서 완전을 이루는 이는 없습니다. 완전이란 생에서 존재하지 않습니다. 완전을 향해 나아가는 길 위에서 불완전한 존재로 있는 것이 우리의 존재가치인지도 모릅니다. 불완전하기에 완전을 그릴 수 있음이 삶의 에너지가 됩니다.

길은 그래서 걸어봐야 합니다. 지팡이 하나에 의지하여 게으른 산보를 거닙니다. 순간의 시간도, 지루하고 긴 삶도, 행복한 순간도, 삶의 길에서는 그저 그러하게 흐르는 대로 흘러갑니다. 행복은 비교하는 것이 아니지요. 지금 여기에서의 스스로의 평온함이 바로 행복일 터이니, 여여[如如]히 길 위에 그저 앉습니다.

한 세상 이러니, 저러니 불평하지 말고, 그저 'No problem(괜찮아요)!'으로 살다 가면 되는 일입니다. 길은 길일 뿐, 바르고 틀린 길은 없습니다. 다만 다른 길을 가고 있을 뿐이지요. 그저 묵묵히 무소의 뿔처럼 혼자서 가랍니다.

봄 산책 15

구름은 희고 물은 맑다

대학 시절 산이 좋아 산에서 지내는 것을 최고의 낙으로 삼던 시절이 있었습니다. 산악부 선배들의 산 사랑에 비하면 미약할지도 모르지만, 유독 지리산이 좋아 지리산의 모든 능선을 홀로 종주하곤 했습니다.

'한국인의 기상 여기서 발원되다'라는 천왕봉의 돌비석이 말하듯, 사나이의 품 같은 그곳에 들어서면 그저 안겨 편안해지는 그 느낌 때문이었을지도 모릅니다. 마천과 의탄으로 이어지는 칠선계곡에선 선녀들과 목욕도 하고, 반야봉의 일출을 맞으며 우주와도 대화하였습니다. 그럴 때면 찌든 세상사 모두를 잊고 산 아래를 굽어보며 신선이 된 양 관조하곤 했었습니다.

그날도 세석평전의 철쭉을 정원으로 삼아 코펠과 버너로 밥을 해먹고 설거지를 끝낼 때쯤, 한 노스님께서 등에서 무거운 바랑을 내려놓으시며 제가 쉬고 있던 바위에 걸터앉아 피곤한 발을 물에 담그셨습니다.

잠시 인사를 나누고 가져온 오이와 과일을 드리며 저는 일어섰습니다. 노스님께서도 같은 방향이라시며 떠날 채비를 하셨습니다. 제가 한 10보쯤 먼저 걸어갔을 때에 뒤에서 들려오는 노스님의 읊조리는 말씀이 제 발길을 멈추게 했습니다.

"역시 젊은이의 발걸음이 빠르긴 빠르구먼. 자네와 나의 떨어진 거리는 단지 10보의 거리에 불과하지만, 이 거리는 아마도 30~40년의 거리일걸세, 허허!"

저는 그 말씀이 하나의 화두가 되어 산행 온종일 머리에서 떠나질 않았습니다. '세월의 무상함에도 불구하고 나는 무엇을 위해, 어디를 향해 이다지도 재촉하듯 바쁜 걸음으로 조급하게 서두르고 있는 것일까?' 라는 한 생각에 골몰하다 보니, 결국 길마저 잃는 우를 범해 피아골로 갈 요량이었는데, 그만 삼신봉 아래 청학동으로 빠져버리게 되었습니다.

그곳에서 약초를 캐고, 죽염을 굽고, 꿀을 치고, 자연과 함께 슬로 시티의 삶을 살아가는 청학동 사람들의 삶을 접하게 되었지요. 저는 청학동 총무님께 이곳에 살고 싶으니 화전민이 가꾸던 땅 몇 평만 소개해주시면 당장 사겠다고 하였고, 저의 청학동 거주는 그렇게 이루어졌습니다.

청학동에 발을 들인 그때가 1985년이었으니 강산이 변해도 세 번이나 변할 세월이 지났네요. 아마도 그것은 알 수 없는 묘한 인연법이 나를 그리 인도하였을 것이리라 여깁니다.

인도에서 8년간의 유학생활을 마치고 한국으로 귀국해 요가과 교수로 5년 동안 재직하였지만, 미련 없이 던져버리고, 다시 지리산에서 산골 사람으로 살아가는 저의 이 게으른 삶도 항거할 수 없는 인연법이기에 그저 고마움과 기쁨으로 하루하루를 보내고 있습니다.

지리산은 그렇게 저를 불렀습니다.

행여 지리산에 오시려거든,

열정을 사르며 오시라.

산행은 나를 돌아보는 적극적 자성의 오름임에,

지리산이 품어내는 웅장함 속의 여린 속내를 발견하고, 교감하며,
성찰의 시간으로 내면의 자양분이 되는 산행으로 오시라.

행여 지리산에 오시려거든,
모든 잡다하고 찌든 생각들을 계시던 그곳에 미리 놓고 오시라.

이미 이곳 지리산은 나무와 들꽃과 들풀들로 가득 차 넘쳐흐르기에,
다른 그 어떤 것도 더는 받을 수가 없음이니,
하늘과 구름과 별과 달과 맑은 바람만 가슴에 담아가시라.

비우고 오지 않으시면 담아 가지 못할 것이외다.

여름 산책

느리게 그리고 소통하며

무더운 여름인데도 불구하고
서로 그리도 떨어지기 싫은가 봅니다.
둘이어야 행복한 것은
인간만이 아닌 게지요.

여름 산책 1

연꽃은 진흙을 내치지 않습니다

이른 아침 연꽃이 수줍음으로 몸을 도사리고 있습니다. 연꽃이 수줍어하거나 몸을 도사린다고 해서 그렇게 머물러 있지만은 않습니다. 개화開花할 때를 알기에 기다릴 뿐입니다. 연꽃의 만개가 완성일지 모르지만, 저절로 터져 오르는 개화하기 전과 개화 후의 수줍어 몸 도사린 연꽃도 완성을 위한 몸짓입니다.

어느 때던 그 순간의 깨어 있음이 있다면, 그것 자체가 아름다울 것이며, 매 순간의 삶 자체가 아름다움이 될 것입니다. 그때는 예술이 삶이고, 삶 자체가 예술이 되겠지요. 진정한 아름다움은 속으로 숨겨 둘 때에 그 가치가 더해집니다.

내면이 아름다운 자가 진정 아름다운 이입니다. 내면이 아름답다는 것은 절실한 열정을 가슴에 담아두고 있다는 것이고, 세상에서 진정 아름다운 이는 그러한 열정을 가진 사람입니다. 연꽃은 진흙 속에서도 맑고 깨끗한 꽃을 피우기에 속세에 물들지 않는 군자의 고고함의 꽃으로 표현되지만, 그 진흙이 자양분이 되지 않았다면 깨끗하고 맑은 연꽃은 필수가 없었을 것입니다. 진흙 세상을 자기의 자양분으로 삼는 연꽃은 진흙을 내치지 않습니다. 그래서 더욱 맑고 향기로운 것이지요.

다른 사람에게는 관용과 포용과 용서를, 자기 자신에게는 질책과 정의와 비판을 들이대는 것이 양심입니다. 누군가가 어디선가 지켜보고 있습니다. 늘 신독愼獨해야 함입니다. 부처상이나 스님이 연꽃 대좌에 앉는 풍습을 보면, 아마도 물들지 않는 것을 넘어 그 진흙탕의 중생에 뿌리를 두고 함께 더불어 대승大乘으로 살아가라는 의미였겠지요.

맑고 맑은 연꽃도 어느 순간엔 진흙으로 사라집니다. 연꽃과 연꽃의 열매가 떨어져 진흙탕에 들어가는 죽음은 새로운 생명의 씨가 되어 중생의 가슴에 뿌려집니다. 중생으로의 귀의歸依의 완성입니다. 죽음과 파괴는 단지 사라지는 것이 아니라 새 생명의 밑거름과 완성이 됩니다. 그것은 '아름다운 파괴'입니다.

연꽃은 자신의 몸을 움츠려 수줍어하며 겸손해할 줄도 알고, 활짝 피워 만개해 제 색깔을 맘껏 뽐내기도 합니다. 연꽃의 그윽한 향기는 연못을 가득 채우고, 연차蓮茶를 우리면 수십 명이 한 자리에서 그 고결한 향에 취하게 됩니다. 연꽃은 항상 둥글게 웃으며 온화한 모습으로 유연하고 부드럽게 한 자리에 서 있습니다. 연꽃 같은 향기로운 인품이 그립습니다.

연잎에 맑은 물방울이 앉았네요. 고이도 머금고 있습니다. 하지만 연잎은 자기가 감당할 수 없는 무게의 물을 짊어지지 않습니다. 자기의 무게보다 많은 물이 고이면 아무 미련 없이 버리고 비워냅니다. 그리곤 그 어떤

흔적도 몸에 남기질 않습니다.

그 어떤 것도 내 것으로 하지 않기에 업業을 짓지 않습니다. 차면 비워내는 비움, 버림, 놓음의 철학을 실천하기에, 그가 더욱 아름다운지도 모릅니다.

산이 물을 담아 놓지 않고 흘려버리니 호수와 바다가 채워집니다. 인자仁者가 산을 좋아하는 이유이기도 합니다. 완전한 비움 속에 진정한 채움이 있습니다.

여름 산책 2

댐이 수위 조절을 하듯

밤새 비가 줄곧 내리더니 폭우가 내린 한여름 아침의 명상원 앞 하동호가 넘칠 기세입니다. 밀려 내려오는 계곡 물살에 온갖 더러움도 함께 쓸려오네요. 호수는 좋은 것이든, 나쁜 것이든 포용이 마치 자신의 이력인 양, 한마디 불평 없이 그대로 받아들입니다.

댐이 수위조절을 하듯 감정도 조절하지 않으면 차고 넘치겠지요. 시원한 장대비가 마음을 적십니다. 요란한 매미 소리도, 끈적이는 땀도, 지루한 장마도, 부패하여 버려진 생선 내음도 가을에 불어올 신선한 바람의 가치를 더하게 하는 여름의 선물입니다. 수묵화라도 쳐야 할 아침입니다.

지루한 장마의 습기가 스멀스멀 온몸에 축축이 스며듭니다. 마음에도 구름이 끼고 비가 오고 있음입니다. 지루한 장마 때는 눈과 마음에 기억하고픈 맑고 청명한 장소가 그립네요. 마음은 언제나 저 창공을 날아다니고 있습니다. 어제는 온종일 날씨가 태풍의 눈에 머물렀습니다. 달팽이도 폭풍을 피하러 기어가고 있습니다. 그런데 폭풍의 눈을 등에 짊어지고 가고 있습니다.

속도는 느려도 제 갈 길을 가고 있습니다. 하물며 폭풍의 눈도 정해진 진로가 있습니다. 그런데 저는 아직도 내 삶의 방향성을 잃고 헤매고 있으니 폭풍의 눈일지라도 가슴에 담아야겠습니다.

벌이 주인의 허락도 없이 자기 집을 주인집 처마 밑에 짓고 있습니다. 알을 방마다 예쁘게도 안치해 놓았네요. 어김없이 꿈틀거리는 생명력은 경이롭기만 합니다. 이른 아침임에도 부지런도 합니다.

자연과 어울려 산다는 것은 이런 모습들을 지켜볼 수 있는 기쁨이 있지요. 아마도 녀석은 저 자리의 주인은 자기라고 생각하는 모양입니다. 그렇다면 임차료 없이 그냥 내어주어야겠습니다. 내 집 한 모퉁이를 내어주고도 함께 행복할 수 있다면 그것으로 만족합니다. 저도 알을 까야 하는데, 제정신은 피폐해져 텅 비어 있으니 알을 깔 수나 있을지 모르겠습니다.

선인장은 메마른 가시가 나 있지만 피워낸 꽃은 아름답습니다. 벌들이 먼저 알고 모여듭니다. 온몸의 수분을 모아 모아서 가녀린 꽃도, 화려한 꽃도 피워내는 그 정성은 다른 꽃들보다도 더 대단합니다. 어쩌면 그 삶이 척박하기에, 더 정갈히 아름답게 꽃을 피워내는지도 모르는 일입니다.

바다의 밀물과 썰물처럼 고통과 편안함도, 기쁨과 슬픔도, 인생이라는 바다의 밀물과 썰물일 뿐입니다. 꽃잎이 물길에 그저 몸을 맡겨 흘러가듯, 이 순간의 흐름에 단지 몸과 마음을 맡길 뿐입니다.

시작이면서 끝인 지금 이 순간에 존재하는 한, 밀물과 썰물의 경계도 없습니다. 소망과 희망, 슬픔과 기쁨, 고통과 사랑을 함께 담아 바다에 띄워

봅니다. 너무 무거워 행여 좌초하지 않기를 바랄 뿐입니다.

파도가 밀려왔다 쓸려 내려가도 바다는 그대로 거기에 있듯이, 감정의 파도가 아무리 몰아쳐 왔다가 떠나가도, 나는 아무 데도 가지 않고 언제나 그대로 여기에 있습니다. 폭풍이 불어 파도가 아무리 거세게 달려들어 봤자, 곧 스스로 뒤로 물러날 것입니다.

꿋꿋이 지금 내 자리에 머물기만 하면 됩니다. 태풍의 눈이 주변은 휘몰아칠지라도 중심은 고요하듯이, 그래도 마음만은 고요하기를 바랍니다. 하얀 포말의 파도는 나타났다 사라지는 바다의 현상적 몸짓일 뿐, 바다는 비에 젖지 않습니다.

여름 산책 3

하늘도 아름답지만 발바닥 아래도 아름답습니다

양기가 강한 음력 5월 5일인 단오라 그런지 냉혈동물인 능구렁이가 한참을 움직이지 않다가 돌담으로 기어들고 있습니다. 산딸기와 이슬 맺힌 들풀들이 그의 목을 축여 주었나 봅니다. 날이 더워지니 이곳 명상원 곳곳이 서늘하라고 보시의 마음으로 출현하였는지도 모릅니다.

강아지와 고양이들이 호기심 어리게 쳐다보다가 공격을 하려 합니다. 주인이 지켜보는 걸 아는지 다른 때와는 달리 그래도 살생은 없었습니다. 살고자 나왔으니 녀석도 수를 누려야 할 터라 그냥 방생하였나 봅니다. 공격당하지 않는 이상 공격을 하지 않는, 그렇게 상생 공존하는 것이 야생의 법칙이겠지요. 주인장은 어스름 저녁을 만끽하며 신선초 한 개비를 물었습니다.

언제나 뱀들이 저를 피해 가는 걸 보면, 제가 녀석들보다 더 독한 냉혈한

이라 그런가 봅니다. 식중독 미생물의 효과적인 제어에 효과가 있는 야생초 큰까치수염도 피었습니다. 그만큼 식중독을 일으키는 날씨가 도래되었다는 것이겠지요. 자연은 그렇게 자신을 치유하는 길을 언제나 드러내고 있습니다.

고요한 여름밤 달빛이 은은하여 명상원 사마디 홀을 잠시 나와 밤 산책을 하려는데 빼꼼히 절 쳐다보며 두꺼비가 앞을 가로막습니다. 두꺼비도 밤 산책을 나왔으니 나도 숨소리를 죽입니다. 가만히 숨죽이고 다가가니 녀석이 경계를 풀고 빤히 날 쳐다봅니다. 하지만 두꺼비 엎디는 뜻은 덮치자는 뜻이라 멀리 뛰려는 것이니, 경계를 푼 것이 아니라 나를 경계 중입니다.

좀 더 날 삼가라는 뜻이겠지요. 옆에 지네가 기어가고 있는 걸 보니 포식하러 나왔나 봅니다. 저를 가로막은 이유가 있었네요. 아닙니다. 제가 가로막은 것이겠지요. 녀석이 자유로이 밤 활동을 하는 걸 보니 큰비가 오려나 봅니다.

피부에서 나오는 독액으로 자신을 보호하는 녀석의 외모가 울퉁불퉁도 합니다. 하지만 복을 준다는 옛사람들의 말을 믿고만 싶은 밤입니다. 진돗개 아난다가 코를 킁킁거리기에 다가서니 손바닥 크기의 두꺼비를 앞에 놓고 호기심을 발동합니다.

장마의 끝자락에 두꺼비가 발에 차일 정도로 자꾸 출몰하니 아마도 복덕이 들어오려는 가 봅니다.

두꺼비는 포식자를 피하고자 지방성 흰 독액을 귀밑샘耳下腺에서 분비합니다. 한약방 약재로 심근운동을 촉진하는 칼슘의 양을 증가시킴으로써 강심작용을 하지요. 하지만 피부에서 새나오는 독을 핥아 먹으면 큰 개도 바로 죽일 수 있습니다. 독이 몸에는 닿아도 별 큰 문제는 없지만, 눈은 특별히 조심해야 한답니다.

은혜를 아는 두꺼비가 나왔으니 보훈의 달인 6월은 빚진 은혜를 갚는 달이어야 할 것입니다. 메마른 가슴이 해갈되도록 맑은 물빛이 흠뻑 적셔주기를 두 손 모아 봅니다. 목 타는 갈증도 사라지려는지요. 이 늦은 밤에도 잠 못 이루고 깨어 있는 모든 임에게 두꺼비의 은혜를 전하고 싶습니다.

6월은 채움과 비움의 분기점이기도 합니다. 그 분기점에서 저를 삼가하고 뒤돌아봅니다.

여름 산책 4

사랑스럽지 않거나 행복하지 않은 것은 없습니다

섬은 섬이 아닙니다. 바닥은 원래 하나로 이어져 있는데도 불구하고, 우리가 섬이라 이름 붙여 부를 뿐입니다. 떨어져 보이는 그 사이에 소통과 공감이라는 물결이 쉼 없이 오가기에 외롭지 않습니다.

그대와 나는 서로 떨어져 있는 것 같지만 실은 하나의 마음으로 이어져 있음에, 그리움도 기다림도 외롭지 않습니다.

군집에서 잠시 빠져나온 개미 녀석이 여유롭게 이슬 징검다리를 거닐며 노닙니다. 맑고 투명한, 곧 흘러내릴 것만 같은 가녀린 이슬도 개미에게는 거닐 수 있는 징검다리가 됩니다. 개미의 유희遊戲이겠지요.

우울증 환자나 외로움에 젖은 이들에겐, 함께 군집을 이루어 사회생활을 하는 개미의 속성을 그리워하는 '개미 환상'이 일어납니다. 개미는 작아도 함께함으로써 외로움을 서로 들어주어 유희遊戲의 금탑을 쌓습니다.

"스스로 의식하지 못하는 행복이 가능한가?
행복은 단지 한순간 스치고 지나가는 것인가?
행복은 인간에게 도달 불가능한 것인가?"

이렇게 묻고 있는 이 순간은 그래도 행복합니다. 평범한 일상의 연속만한 행복도 없습니다. 일상의 무료함이 최상의 행복이기도 합니다. 무료함과 지루함을 즐길 줄 아는 이만이 게으른 산책에 동참할 수 있습니다.

꿀이 여러 꽃으로부터 채취되지만 하나의 본질이듯이, 강물들이 동東에서 오든지 서西에서 오든지 하나의 바닷물을 이루듯이, 소금이 물에 녹으면 물의 어느 부분을 맛보나 소금의 맛이 있듯이,

존재하는 모든 것에 편재하는 공통된 본질, 궁극적 실재인 영원한 우주의 본질과 동일한 그가 그대임에도 여러 모습으로 드러난 현상적 자아에 얽매여 있는 미망한 마음은 그대를 그가 아니라고 합니다. 마음의 작용이

멈추어야 하는 이유이지요.

내면의 충만감이 넘친다면 자기 정체성은 확고합니다. 내게 필요한 모든 것은 진실로 내 안에 있으니, 타를 통한 자기발견은 차선입니다.

타를 통한 삶이 오히려 자기소외로 이어진다는 것은 의심할 여지가 없습니다. 우리는 그 누군가로부터 관심을 받고 인정받고 사랑받으려 하지요. 하지만 외부대상을 통해서가 아니라 내면에서, 근원에서 본다면 스스로 사랑스럽지 않은 것은 없습니다. 그것을 자각하는 것이 행복입니다.

그렇게 내면을 바라보고 있는 이를 저는 현자라 부르고 싶습니다.

여름 산책 5

미소

쓰다 버려지는 일회용 가면, 그래도 그들은 가식으로 웃지는 않습니다. 가식적 웃음은 매일 버려지는 쓰레기와 다를 바 없지요. 저는 단지 나의 입술로만이 아니라 온 존재로 미소 짓고 싶습니다.

여백에 단지 몇 획을 그었습니다. 사족으로 여백의 미를 행여 훼손한 건 아닌가 저어합니다. 공감과 연민은 타他를 우선시하고, 상대에 대한 믿음과 배려와 사랑이 그 근본을 이룹니다. 그렇지 않을 때는 적대감과 자기주장과 가식만이 난무합니다. 가식의 가면이 벗겨지는 관계성이란 성스러움이기도 합니다.

아무런 가식이 없는 공감과 연민은 있는 그대로의 자신의 존재를 내보일 수 있는 자신 스스로에 대한 깊은 수용으로 이어집니다. 미소微笑는 그저 그러하게 피어오르는 것입니다. 그저 입꼬리를 추어올리면 됩니다.

가장 깊은 생각은 결코 말 속에 있는 것이 아니지요. 말로 전하지 아니하고 마음에서 마음으로 전하는 심심상인心心相印, 이심전심以心傳心의 염화시중拈華示衆의 미소가 가장 큰소리의 대화이며 소통과 공유입니다. 가장 아름다운 이는 아마도 언제나 입가에 미소를 머금는 존재일 것입니다. 향기 나는 미소만큼 아름다운 것은 없습니다.

저는 8년 동안 인도유학을 하고 철학박사를 받고 교수 생활까지 하였지만, 그 모든 것을 내려놓고 지금은 산속 생활을 하고 있습니다. 그것은 소박하고 담백한 여유로운 미소微笑 하나 얼굴에 담기 위해서일지도 모릅니다.

아들 녀석이 세 돌이 지났을 쯤에 하루는 낮잠을 자고 싶어 뒤척이는 중이었습니다. 밤에 잘 때는 전등불을 끄고 어둠 속에서 잔다는 것을 인지하고 있었는지, "아빠, 햇빛 끄고 자자." 하는 것이었습니다. 햇빛이 켜져 있던 전등불인 줄 알았나 봅니다.

어른이 아이를 이해하기 위해서는 아이와 눈높이를 같이 해야 한다는 말은, 그만큼 순수하라는 얘기일 것입니다. 하지만 우리는 이렇게 아이가 햇빛을 끄라고 하듯이, 삶을 단순하게 이해하고 있는지도 모릅니다.

한낮의 강렬한 햇빛은 정면으로 바라볼 수는 없지만, 석양이나 일출 때의 태양은 그렇게 아름답게 보일 수가 없습니다. 삶이란 정오의 태양처럼 제대로 바라볼 수도 이해할 수도 없는 때가 있고, 서산에 걸려 있는 석양의 노을처럼 아름다운 모습으로 비칠 때도 있는 것이지요.

어느 것이 삶의 진정한 모습인지 너무 쉽게 단정 지어서는 안 됩니다. 삶의 저변에 깔린 제 현상과 그 본질을 명확히 꿰뚫어 볼 수 있는 눈이 없이는 '삶이 이것이다.'라고 단정 지을 수가 없지요.

나 자신의 모습 또한 마찬가지입니다. 고뇌와 번뇌의 모습이 있는가 하면, 행복과 아름다움이 깃든 모습도 내비치기도 합니다. 이처럼 태양, 걸어가는 길, 나라는 존재 그리고 삶이라는 것이 같은 속성으로 눈앞에 내비칩니다.

누구나 열심히 공부하고 치열히 삶을 살아가고 있는 것은 제대로의 인생을 배우고, 이해하고, 그 속에서 존재하는 나의 참모습을 알아차리고 살아가고자 한 것이었음은 분명합니다.

하지만 단지 그것만을 위하였다면 어쩌면 전 교수생활을 그만두고 산골로 들어오지는 않았을 것입니다.

박사학위를 얻기 위해, 제 분야의 전문적인 지식을 습득하기 위해, 세상에 나아가 남보다 나은 기득권을 얻기 위해 자신의 길을 걸어갔다고 합시다. 아니, 어쩌다 보니 아무것도 할 수가 없어 도피하는 세월로 인생을 허비했다고 칩시다. 그러나 그 모든 경우에서도 사람들은 인생이란 대체 무엇인가에 대해 고뇌하고, 좌절하고, 부딪히며 맺힌 그 무엇인가를 풀기 위해 자신의 길을 선택했을 것입니다.

그렇다면 자신의 길을 걸어가는 여러 가지 이유란 바로 삶을 살아가는 양식과 방법 중에 하나를 선택한 것이 됩니다. 그 방법이 좋든 나쁘든 결국 그 방법 속에서 주어진 삶의 태도와 시각을 통해 인생을 배우고 이해하고 살아가게 됩니다. 그리고 일단 자신의 길을 선택한 이상 선택에 대한 책임을 져야 할 것이고, 후회도 없어야 합니다. 그러기 위해서는 늘 절실히 정진해 나가는 것이 나 자신의 선택에 대한 의무이겠지요.

그럼에도 불구하고 왜 다들 자기가 선택한 길에 만족하지 못하고, 얼굴에는 여유로운 미소를 짓지 못하는 걸까요?

그것은 삶에 대해, 자기 자신에 대해 제대로 알고 있지 못하기 때문일 것입니다. 잘 알고 있다고 하는 생각 자체가 어쩌면 무지일지도 모릅니다. 여유로운 미소란 에고가 사라져 참 나의 존재로서 자유자재할 때 지어지는 것입니다. 드러내는 것이 아니라 저절로 드러나는 것이지요.

제가 지리산 속에 들어와서 산골생활을 하는 이유는 산골생활에 대한 환상에서가 아니라, 오로지 소박하고 담백한 여유로운 미소微笑 하나 얼굴에 담기 위해서입니다. 저는 여유로운 미소微笑 하나 얼굴에 담을 수만 있다면 제 인생을 걸겠습니다. 그런데 철학을 공부하고, 인도유학을 하고, 교수까지 했던 저는 산속 생활을 하는 지금의 제 얼굴엔 그런 미소를 담고 있는지

반문해 봅니다.

어쩌면 '큰 바위 얼굴'처럼 인생의 종착점에서나마 얻을지도 모릅니다. 그러나 절실히 담고자 진솔히 자연과 함께 살다 보면 저 자신도 모르게 얻어지리라 믿습니다.

웃는 미소만큼 더 큰 소리는 없습니다. 침묵 또한 그러합니다.

그저 미소 지읍시다. 침묵하고 미소 지으면 만만하게 보일지도 모르지만, 그리 보아도 웃는 이에게는 침 못 뱉지요.

"나는 세상을 보고 웃고, 세상은 나를 보고 웃는다." 안온한 그 마음의 경지가 부럽습니다.

여름 산책 6

사진에 담는다는 것

사진을 찍는 건 좋아하지만 찍히는 건 별로 좋아하지 않습니다. 하지만 도촬만은 어쩔 수가 없었네요. 어쩌면 세상의 일은 나도 모르게 그렇게 흘러가고 있는지도 모릅니다. 내가 봐도 내 모습이 잘 나온 사진이 아니라, 내가 봐도 내 모습이 행복해 보이는 사진이, 내가 봐도 내 모습이 스스로 그러하게自然 존재하는 사진이기를 바라봅니다.

본서에 함께 게재하는 필자의 사진들은 전문 사진작가가 아니기에 미학적 개념과는 다소 먼, 그저 사진 찍기를 좋아하는 아마추어(amateur) 수준의 졸작일 뿐입니다. 하지만 사진의 내용에 어떤 인위적 작위를 만들어 연출하지 않았고, 렌즈를 통해 담긴 존재의 있는 그대로의 모습만을 담았습니다.

물론 렌즈 자체가 빛의 반영을 잡는 물질이니 비추어진 현상의 모습일 뿐이겠지만. 렌즈가 받아들인 그대로를 담았을 뿐 보정작업을 하지 않았습니다.

전문 사진가들은 말합니다.

"사진은 빛의 예술이며, 순간포착의 미학이며, 눈으로 찰나의 시간을 담지만, 가슴엔 영원의 감동을 남긴다."

"사진은 실존적으로 다시는 되풀이될 수 없는 것을 기계적으로 재생시킨다."

– Roland Barthes

지평선이 아득한 것은 도시가 밀집해서 더 아득한 것입니다. 앉으면 아름다운 지평선은 보지 않고, 카메라만 보고 있는 저의 애착은 아득한 훈습薰習인가 봅니다. 그래도 사진에 담으려 하는 습(習)은 시간의 미학과 인연법의 미학을 실천하고 있음입니다.

사진이란 '시각의 예술'이지만, 그 이전에 '시간의 예술'입니다. 오랜 시간 그 한순간을 기다려야 하는 인내를 감수해야만 하지요. 그 순간을 사진으로 찍을 수 있는 귀한 인연이 한몫하고 있습니다.

구름도 바람도 한 손 거듭니다. 사진은 찰나를 찍지만, 영원을 담습니다. 그 찰나의 인연법이 그 무엇보다도 중요하지요. 그렇게 시간을 담는 곳은 공간에서 이루어집니다. 그러하기에 사진은 '시간의 예술'이면서 '공간의 예술'이기도 합니다.

게으른 산책을 하며 때 묻지 않은 자연을 카메라에 담은 것은 제 마음을 정화하기 위해서이며, 다른 이들의 마음에도 전해주고 싶은 작은 바람이기도 합니다. 많은 말보다도 한 컷의 사진이 더 큰 감동을 전해 주어 아픔을

치유하기도 합니다.

두 눈을 통해 세상을 바라보는 일만큼이나 하나의 렌즈를 통해 세상을 바라보는 일, 그것도 쉬운 일은 아닙니다. 렌즈를 통해 바라보는 세상은 좀 더 세밀하고 클로즈 된 세상이기에 진솔한 마음을 가지고 자연을 대하고 지속적인 관심을 보이면, 자연은 자신의 깊은 속내를 보여주게 됩니다. 어떤 마음으로 다가가느냐에 따라 다른 모습으로 다가옵니다. 저는 조용히 진솔한 마음으로 기다리기만 하면 되지요.

사진에 담는다는 것은 무엇을 담는가가 중요한 것이 아니라, 무슨 생각을 담는가가 중요합니다.

사진에 내 영혼의 본질적 삶의 이야기가 담겨 있으려면, 사진에 담기는 외부적 대상인 피사체가 중요한 것이 아니라, 그 대상을 바라보는 내 마음

과 시각이 중요한 것이지요. 바라보는 자의 시각과 마음에 따라 사진에 담기는 내용은 천차만별입니다. 같은 대상도 바라보는 이의 시각에 따라 다른 장면이 연출됩니다.

일반적으로 비싸고 좋은 사진기와 사진기술이 뛰어나야만, 대단하고 아름다운 사진을 멋지게 남길 수 있다고 생각합니다. 하지만 사각 앵글에 아름다운 본질을 담는다는 것은 사진기술보다도 먼저 그런 아름다운 마음이 있어야 참된 본질을 담을 수 있습니다.

사진기술이 아무리 뛰어나도 영혼이 메마른 이는 진정한 자연의 모습을 담을 수가 없지요. 사진기술은 다만 표현하고 나타내려는 방법과 수단에 불과합니다.

사진기술만 가지고 사진에 담는 것은 기록은 될지라도 존재의 참된 본질을 담아내지는 못합니다. 사진에 담는다는 것은 결국 자기 자신에 대한 탐구이며 재발견입니다.

사진의 대상이 무척이나 아름답거나 대단한 장면일 이유는 없습니다. 주변 잡기와 같은 이야기일지라도 무정물 명상의 대상이 될 수 있습니다. 어쩌면 그것이 더 자연스럽고 편하게 다가와 우리의 심금을 울리기도 합니다.

사진을 찍는다는 것은 자연과의 소통과 공유를 통해, 지금 여기에 함께 존재하고자 하는 몸짓이기도 합니다. 지금 이 순간을 찍는다는 것은 지금 이 순간에 함께 존재한다는 존재성의 확인입니다. 그들의 세계에 잠시 개입하는 불청객의 존재이기도 하지만, 반가운 손님이 되기도 합니다. 고로 전 거기에 존재했었습니다(Cogito, ergo sum).

렌즈를 통해 제가 그들을 보고 있는 것이 아니라, 그들이 저를 보고 있음에, 저는 그들에게 진정 반가운 손님인지, 카메라를 들고 있는 저를 돌아봅니다.

결국, 누가 어떻게 바라보느냐에 따라서 바라봄의 철학이 그 심미를 깊게 합니다.

'나는 무엇을 담으려 하는가. 나는 어디에다가 담으려 하는가. 나는 무엇을 통해 담으려 하는가. 담는다고 담아지기나 하는 걸까. 각인하는 것과 각인되는 것과 각인된 것들은 공존하는 것일까.'

누굴 찍으려다 누구에게 찍히는, 세상은 그런 것이겠지요. 렌즈를 통해 외부 사물을 보면 눈으로는 볼 수 없었던 부분을 보게 됩니다. 저는 저를 보기 위해 눈을 감습니다. 그저 순간의 호흡을 멈춥니다.

여름 산책 7

바라봄의 철학

흔들린다는 것이 반드시 나쁜 것만은 아닌가 봅니다. 흔들림 때문에 더 아름다워 보이기도 하기에 말입니다. 실체보다 '환幻'으로 나타난 '현상'이 시각적으로 더 아름다워 보이는 것은 우리의 존재가 현상적 존재에 머물고 있기 때문이겠지요.

어쩌면 '현상'과 '환幻'은 아름다움의 시각적 본질일지도 모릅니다. 우리는 실체가 아닌 현상인 그 시각적 아름다움을 끝없이 추구하고 있습니다. 아니, 그러지 못해 안달입니다. 어질어질함에도 불구하고 우리는 그 현상의 환幻을 좇아가는 한 마리의 불나방 같습니다.

진정한 아름다움은 그 '환幻'이 깨어졌을 때, 스스로 빛을 발하는데도 말입니다.

우리들 눈에 연속적으로 끊어짐 없이 이어져 보이는 빗물은 우리 눈의 잔상효과 때문입니다. 그것을 실체라 여기는 우리의 시각적 착시일 뿐입니다.

상상과 착시는 현실(reality)과 통하지 않습니다. 있는 그대로 본다는 것은 마음의 작용이 멈추었을 때만 가능합니다.

우리는 세상을 볼록거울이나 오목거울에 굴곡 되어 보이는 모습을 실재라고 보고 있는지도 모릅니다. 우리는 굴곡 된 반영으로 서로 존재할 뿐만 아니라, 인식되고, 인식하고 있는지도 모를 일입니다.

강물 위에 달빛이 드리우면 마치 익숙한 길 인양, 마냥 그 위를 거닐고 싶은 충동이 일어나는 것은 저만의 객기인가요. 보이는 세계는 그 자체로 존재하는 것이 아니라, 단지 인식의 대상으로 표상화 된 그림일 뿐인가요.

비트겐슈타인은 〈논리철학논고〉에서 아래와 같이 말합니다.

"세계는 명제의 총체이다. 그 자체로 존재하는 것이 아니라 인식의 대상으로 존재하고, 그 인식은 규약의 비준을 거쳐 명제로 고착화 된다. 감각 인식의 규약적 총체가 명제이며, 이것이 세계이다. 명제는 세상에 대한 일종의 그림이며, 우리는 그 명제가 표상하는 세계를 본다. 최초의 확실성이 불확실하다고 해서 현존을 포기할 수는 없다. 누구도 말해질 수 없는 것을 말해서는 안 된다."

그의 그림이론입니다.각자 다른 색깔로 세상을 바라본다는 것은 몰개성을 탈피하여 각자의 색깔로 얽매임 없이 자유롭게 세상을 바라보는 것이기도 하겠지만, 아상我相으로 인한 편견이기도 합니다. 색안경을 벗고 바라보든, 각자의 개성에 맞는 색안경을 쓰고 바라보든. 선택은 자기의 몫입니다.

어떤 색안경을 고르실래요? 아니면 그냥 아이(eye) 쇼핑만 하고 지나가

시렵니까?

바라본다는 것은 이미 대전제로 바라보는 자(주체)와 보여지는 대상(객체), 그리고 인식작용(마음 작용)이 있어야 가능합니다. 그 세 가지가 어두워 대상만이 빛나고, 마음의 작용이 멈추어 인식 주체도, 인식되는 외부대상인 객체도 분별이 되지 않는 주객일체가 된 상태를 삼매三昧(samādhi)라 합니다.

진정 바라본다는 것은 눈으로 바라보는 것이 아니라 마음의 작용이 멈추어 침묵하는 것입니다. 마치 영화의 화면이 스크린에 비쳐 지나갈지라도 스크린은 화면의 그 어떤 내용에도 관여치 않고 스스로 여여如如히 존재하고 있는 것처럼 말입니다.

놓고, 버리고, 비운다는 그 생각마저도 놓아야만 가능한 일입니다.

냅 둬 let it be!

비행편대를 이탈해서 자유로이 나는 녀석들은 그냥 내버려 놓아두어도 스스로 편대를 따릅니다. 마치 약속이나 신호에 맞추어 날듯이, 누구 하나 날개를 접지 않고 한순간 똑같이 펴서 납니다.

맨 앞에서 길을 안내하는 메인 리더와 맨 뒤에서 모든 걸 챙기는 부 리더가 제일 힘들겠지만, 누구나 자기 자리에서 열심히 자신의 날갯짓을 하고 있습니다. 앞의 녀석은 뒤도 돌아보지 않고 앞길을 여는데 여념이 없습니다.

어차피 같은 곳을 바라보고 같은 곳을 향하고 있기에 굳이 돌아볼 이유가 없습니다. 새는 울어도 눈물을 흘리지 않고, 창공을 날면서 절대 뒤 돌아 보지 않습니다.

있는 그대로(Be as you are), 흘러가는 대로(Let it flow), 그 자체로 놓

아두는 것(Leave itself)! 그저 바라 봐주는 것! 그것이 최상입니다.

녀석들은 말합니다.

"냅 둬(let it be)!"

같은 곳을 바라본다는 것, 함께 문을 나설 수 있음입니다.

'내 속엔 내가 너무도 많아 당신의 쉴 곳 없네.'라는 유행가 가사처럼, 내 속에 아상我相과 아집我執이 가득 찰수록, 남을 이해하고, 받아들이고, 포용할 자리는 없습니다. 손바닥 한가득 그 무엇을 들고서는 다른 그 어떤 것도 잡을 수 없듯이, 비우고 놓아야만 다른 것을 잡을 수 있습니다.

빈틈을 보이십시오. 비집고 들어갈 조금의 빈틈이 있어야만 합니다. 그래야 함께 할 수 있습니다. 그래야 소통할 여지가 있습니다. 채움은 비움직전을 말하며, 비움은 채움의 기다림이 됩니다.

배낭을 메고 방랑의 여행을 하다 보면 다들 무엇인가를 얻어가야만 한다고 생각합니다. 오히려 가지고 있던 것조차 다 내려놓고 와야 하는데, 그렇게 내려놓고자 가야 하는데 말입니다.

내 몸과 마음이 신전이기에 성지란 이미 나의 내면에 있습니다. 결국, 성지순례란 나를 정화하는 여정입니다. 인생의 여정 또한 나를 정화하는 여정입니다.

헤라클레이토스(Heraclitus)는 만물은 유전한다(panta rhei, 萬物流轉)고 하였습니다.

"만물은 유전하며 같은 상태로 존재하지는 않는다."
"만물은 흘러가고 결코 머무는 일이 없다."
"같은 강에 두 번 들어갈 수는 없다."

삶은 끊임없는 제행무상의 변화 여정입니다. 그 모든 변화하는 것들을 변하지 못하게 붙잡아두려는 그 애착의 마음도 결국 무상하게 변하게 되지요. 그리움도, 사랑하는 마음도 잡으려 해도 잡을 수 없음에 담아 놓으려 하지 않을 뿐입니다.

여름 산책 9

부메랑

인디언들은 사냥한 뒤, 사냥한 음식으로 제사를 드리고 감사의 마음을 전하며 고기를 먹는다고 합니다. 그렇게 먹은 고기는 독이 되지 않고 좋은 영양분이 되기에 건강할 수 있다고 믿기 때문이지요. 육식하는 것이 문제가 아니라 어떤 마음으로 먹느냐가 중요합니다.

부정적인 생각은 부정적인 에너지를 방출하고, 결국 육체적 질병을 일으키게 되고 영혼에마저 상처를 주게 됩니다.

그뿐만이 아니라 세상을 향해 방출한 부정적인 에너지 또한 부메랑이 되어 나 자신에게 되돌아오게 되어있습니다. 하물며 물도 '사랑한다.'라고 말해준 물과 '미워한다.'라고 말해준 물의 결정체는 완전히 다른 성질의 물이 된다고 합니다.

한동안 말벌들이 처마 밑이나 정자 지붕 아래에 벌집을 지어 명상원에 오시는 손님들에게 위협을 주기에, 망사 모자를 쓰고 중무장을 한 채 제거 작업을 하다가 벌집을 지키고 있는 호위병 말벌들에게 손가락과 어깨 등을 몇 군데 물렸었습니다. 손이 붓고 마비가 되어 병원에 가서 치료를 받을 정도로 오기가 오른 나는, 결국 정당방어라는 자위를 하며 벌집을 떨어뜨리고 말벌들을 무차별 학살하였습니다.

그런데 올해는 이상하게도 지리산에 날고 있던 말벌들이 스스로 죽어 처마 밑의 벌집에서 힘없이 떨어집니다. 어머님께서 말씀하시기를 벌들이 스스로 죽어 나가면 역병이 돌고 인간에게도 참담한 천재지변이 다가올 징조라 하십니다. 결국, 말씀처럼 구제역이 돌고, 일본의 대지진이라는 참사가 일어나는 걸 보고 부메랑의 원리가 스쳐 지나갑니다.

아마도 천재지변보다 더 조심할 건 인재에 의한 변이 아닌가 싶습니다. 뛰어난 건축술로 지어진 벌집의 붕괴는 벌들에겐 인재의 멘붕으로 다가갑니다.

지리산은 대나무와 밤나무가 지천으로 자라는 것이 특징입니다. 그런데 요 몇 년 전부터 지방자치니 지방경제 활성화니 하면서 도로를 내고 개발하면서 막무가내로 대나무와 밤나무, 매화수, 감나무 등을 베어버리는 바람에, 명상원 앞의 운치 있던 대나무 숲 속 산책길도 휑하니 신작로로 탈바꿈되어 버렸습니다. 자연친화적 개발로 인간과 자연이 소통할 수 있도록 해야 하는데, 난개발로 자연훼손만이 진행되고 있습니다. 보존은 하지 않더라도 훼손은 하지 말아야 하는데 못내 안타깝네요.

결국, 사람에게로 돌아오는 환경훼손을 향해 그렇게 벌들은 죽음으로써 세상에 경고하는가 봅니다. 강은 스스로 자정 능력을 갖추고 있지만, 인위적인 준설과 구조물 설치로 인해 그 자정능력을 잃고 썩어가고 있습니다.

자연의 순리를 거스르고 그것을 제어하겠다는 인간의 오만함이 치명적 재난을 부릅니다. 보이다가 안 보이는, 있다가 없는 그런 존재가 되어가고 있습니다. 그렇게 4대강이 아파 눈물을 흘리고 있습니다. 그 강이 흘리는 눈물이 바다로 흘러 바닷물이 짜게 됨을 사람들은 아는지.

인간성 없는 과학은 자연을 파괴하고 병들게 하고 있습니다. 자연스럽게 자연을 대하지는 못해도 인간성만이라도 있는 과학적 자연보호가 절실히 필요합니다. 자연도 인간성이 있는 자연친화적인 행동을 마다하지는 않습니다.

인간은 자연에게 무조건적으로 가진 것을 내어 놓아야 할 것들이 너무도 많습니다. 그 이유는 지금껏 언제나 자연으로부터 인간은 주는 것 없이 받아만 온 빚진 자들이기 때문이지요. 그런데도 난개발로 자연에게 상처를 내고 몸살을 앓게 하고 있음은 돌아볼 일입니다.

번화한 도시의 뒷골목은 그렇게 생존의 치열한 아픔이 있습니다.

흙으로 빚어진 찻잔들이 그 종말을 고합니다. 그래도 자신의 의무를 다 하고 본성인 흙으로 돌아감이니, 죽음이 아닌 부활을 위한 회귀입니다. 부메랑이 되어 다시 진흙으로 빚어지지요.

하수구가 막혔습니다. 홍수로 인해 오물이 하수가 되지 않고 도시로 역행되어 차오르니, 오물을 다시 뒤집어 써야 하는 부메랑의 원리가 차오르는 답답한 세태입니다.

여름 산책 10

낮추고 인내함이 나를 살리는 것

너무도 크고 시끄러운 침묵, 땅에는 그렇게 나와는 무관한 듯 그런 세상살이가 이어지고 있습니다. 허리를 굽히는 수고를 해야 보여주는, 그렇게 하심下心으로 존재합니다.

물을 구하기가 힘든 사막에서도 선인장과 낙타뿐만 아니라, 염소, 전갈, 딱정벌레, 말똥구리蜣螂들이 살 수 있는 이유는 낮과 밤의 큰 일교차로 맺힌 이슬을 먹고 살기 때문이랍니다.

이른 아침 사막에서 해를 등지고 용변을 보고 있노라면, 말똥구리蜣螂들이 사각사각 소리를 내며 다가옵니다. 그들에겐 인간의 퇴비가 양식이 되기에 내가 일어나는 순간 앞발로 퇴비를 굴리기에 적당한 양만 떼어 밀고 가져갑니다. 더럽고 쓸모없는 것일지라도 그 누군가에게는 유용한 것이 되기도 합니다. 무용無用의 용用이지요.

선인장은 물 부족으로 인해 스스로 피부를 가시로 변화시켰습니다. 방어를 위해서도, 공격을 위해서도 아닌 스스로 생명을 유지하기 위함입니다. 가시는 그들의 지난한 삶의 역정으로 인한 고뇌의 발로인 것이지요.

딱정벌레는 밤사이 자기의 등에 맺힌 이슬을 먹기 위하여, 이슬이 머리 쪽으로 흘러내려 오도록 머리를 땅으로 최대한 낮게 숙여 한동안 기다린다고 합니다. 나를 낮추고 인내함이 나를 살리는 것이지요.

누구나 성공하여 위로 오르고 싶어 합니다. 하지만 눈과 비는 아래로 내려오는 것이 가장 성공적입니다. 그래도 누구 하나 얕잡아보며 못났다, 잘못했다 하지 않습니다.

하심下心이란 그런 것입니다.

고개 숙인다고 아름답지 않은 것이 아닙니다. 오히려 다소곳한 아름다움이 겸양으로 드러납니다. 우러러봐야 보이는 것들과 고개를 숙여야만 볼 수 있는 것들과 대화할 수 있는

게으른 산책은 저를 하심의 길로 이끕니다.

이끼가 바위 위에 딱 붙어서 조용히 살고 있습니다. 바위는 엎드려 죽은지 오래되었나 봅니다. 영화 '이끼'에서 죽음에 관한 진실을 파헤치려는 주인공 유해국에게 박민욱 검사는 이렇게 이야기합니다.

"이끼 알아? 이끼 같이 바위에 딱 붙어서 조용하게 살아!"

이끼는 바위를 덮습니다. 즉, 바위를 숨깁니다. 영화에서의 이끼는 진실과 죽음을 덮으려는 이끼입니다. 하지만 이끼는 누구나 멀리하고자 하는 그 죽음마저도 포근히 감싸 안습니다.

"구르는 돌에는 이끼가 끼지 않는다(A rolling stone gathers no moss)."

부지런하고 꾸준히 노력하는 사람은 침체하지 않고 계속 발전한다는 말입니다. 그런데 영어 속담에서 "A rolling stone gathers no moss."는 '자주 옮기는 사람은 재산이나 친구 등을 모으기 힘들다.'라는 의미로, 또는 많이 떠돌아다니거나 직업을 자주 바꾸는 사람은 성공하지 못하니 '한 우물을 파라.'는 의미로 사용됩니다.

사물을 바라보는 관점은 '어떻게 바라보느냐?'에 따라 그 의미가 완전히 다르게 전달됩니다.

세상을 뒤집어 다시 바라보면 보이지 않던 그 무엇이 존재함을 알게 됩니다. 플라톤의 동굴 비유처럼, 거꾸로 서 있는 것이 바로 선 것이고, 바로 서 있는 것이 거꾸로 선 것인지도 모를 일입니다.

'~이 아닌 것을 ~인 것처럼, ~인 것을 ~이 아닌 것처럼' 우리는 이해하며 살아가고 있습니다. 자신만이 옳다는 생각을 버리고 다양한 관점으로 바라보아야 할 일입니다. 틀은 깨라고 있는 것이겠지요.

비행기 창문에 흐르는 빗방울도 스스로의 무게로 제 길을 만들며 흐릅니다. 존재감의 저변에 본질의 질량감은 그렇게 제 길을 스스로 만들며 흘러갑니다. 짓누르는 삶의 무게가 어쩌면 제 삶의 여정을 흐르게 하는 자신의 원동력일지도 모릅니다.

육중한 무게를 지탱할 바닥이라는 활주로가 없다면 비행기는 비상할 수가 없습니다. 또한, 착륙할 수도 없습니다. 바닥 같은 인생도, 비상하는 삶도 제 무게만큼의 가치가 있습니다.

비 오는 날 우산 쓰는 이 사람밖에 없다지만, 그렇게 우산을 쓰니 사람인게지요.

여름 산책 11

숭배와 염원

오래된 성당 밖에서 벽을 마주 보며 무슨 소원을 비는 걸까?

벽돌로 막혀 있지만, 그래도 그들은 그 벽을 넘어 소통이 가능한 가 봅니다. 믿음이란 앎과는 사뭇 다릅니다. 기도라는 염원은 우주의 중심축에 에너지가 닿는 연결점이라, 어떤 방식으로든, 그 누구든 교감이 이루어집니다. 맑고 순수한 에너지의 간구라면 종교성을 떠나 그 누구에게나 전해질 것입니다. 인간의 신심信心이란 가히 엄두도 못 낼 힘을 발휘합니다.

홍수가 나서 신전이 물에 잠겨도 그래도 신심信心은 잠기지 않습니다.

절대 또는 신神의 존재에 대해 찬미하고 예찬하며 숭배를 할 때, 누구나 신神이나 절대의 이름을 부르며 대상화합니다. 하지만 대상화되어 이름 지어 부를 수 있는 것은 상대적이고 한정限定된 자이기에, 이름으로 불리는 상대적 그는 절대나 신神이 아닙니다. 다만 편재遍在되어 있는, 그 어떤 우주적

에너지가 있다는 것은 믿고 있습니다. 거기에 어떤 대상화된 상대적 이름을 붙이고 싶지는 않습니다.

우주적 에너지의 나타난 모습인 나의 참된 존재의 모습과 내 삶을 사랑하는 것이, 어쩌면 신神과 절대를 찬미하고 예찬하며 숭배하고 사랑하는 것일지도 모릅니다. 그것이 상대적 절대가 아닌 절대적 절대의 존재성일 겁니다.

"하느님이 어떤 얼굴을 하고 있는지 알고 싶은가? 가서 거울을 들여다보라. 바로 그의 얼굴을 볼 수 있을 것이다."

–람타

두 손 모아 합장한다(namaste)는 의미는 너와 나는 하나이고, 나 자신의 이미지의 반영인 당신 안에 있는 신神에게, 나를 낮추어 온몸과 마음으로 공경을 표한다는 것입니다.

두 손 모아 합장하여 에너지를 모아 나를 위함이 아닌 타他를 위한 기원祈願이 되도록 모든 분께 두 손 모아 봅니다. 늘 여상如常하기를!

님들의 순수한 에너지의 파동이 이미 세상을 맑고 향기롭게 하고 있습니다. 아침에 떠오르는 태양을 마주 보며 기도하든, 달 밝은 밤 정한 수를 떠 놓고 기도하든, 신과 하늘은 언제나 나의 목소리에 귀를 기울여 듣고 있습니다. 무슨 말을 하든 귀찮아하지 않습니다.

인간이 신神이 된다는 것, 절대가 된다는 것, 그것은 그리 어렵지 않습니다. 언제나 진리와 함께(with)하고, 진리 위에(on) 있고, 진리 안(in)에 있고, 진리에 의해(by) 행동하고, 진리만을 말하고 있다면, 그의 삶은 진리(진실)이기에 그는 이미 절대 또는 신입니다. 그것은 절대 또는 신이란 '진리(truth) & 말씀'이기 때문입니다.

절대와 진리, 천국의 문은 저 멀리 너머에 따로 있는 것이 아닙니다. 지금 걷고, 서 있는 바로 이 순간 나의 길 위에 있습니다. 지금 서 있는 그 자리가 성소이고 천국입니다. 지금 이 순간이 가장 만족할 수 있는 때입니다. 현재의 모습이 미래의 모습을 결정합니다.

절대의 세계로 들어가기! 그것은 지금 바로 여기에, 있는 그대로 존재하는 것입니다.

지식은 종교적이든 비종교적이든 일체의 믿음을 배제하는가?

종교적 믿음을 가지는 것은 이성을 포기한다는 것을 뜻하는가?

여름 산책 12

끽다거 喫茶去

물은 그 본성에 변함이 없습니다. 짠 바닷물도 수증기도 얼음도 물입니다. 여여如如함입니다. 물은 언제나 위에서 아래로 흐르지요. 자기를 낮추는 겸손과 겸양입니다. 물은 장애물을 만나면 자기를 주장하지 않고 언제나 주변을 비켜 자신의 진로를 찾아 흐릅니다. 에고의 버림과 자유자재입니다. 한 방울의 물이라도 끊임없이 떨어지면 바위를 뚫습니다. 잠재적 힘이 내재해 있습니다. 인내심과 지속성의 힘입니다.

물은 자신이 더러워짐에도 불구하고 남의 더러운 것을 씻어냅니다. 물은 모든 것을 맑게 정화 시킵니다. 자기희생과 자기 정화와 타他를 위한 배려입니다. 물이 고요히 고이면 모든 사물을 반영합니다. 포용심이 있습니다.

명경지수처럼 맑은 물 수면은 나를 비춰 볼 수 있게 합니다. 자신을 돌아보게 하는 자기 성찰의 매개체이지요. 가장 아름다운 모습은 자기 자신의 본 모습 그대로 존재하는 것입니다. 물이 물다울 때, 산이 산다울 때 본 모습을 간직하기에 가장 자연스럽고 가장 아름다운 것입니다. 부자연스러울 때 자연은 그 아름다움을 잃습니다.

"물은 다만 물이고, 산은 다만 산이로다."

인간도 자연의 일부인데 자꾸 분별하려는 마음 때문에 더 인위적이 됩니다. 자연과 인간은 원래 하나이며, 자연은 인간의 고향입니다.

노자老子는 "도道를 도道라고 말할 수는 없지만, 굳이 도道를 말로 하라면 물이라 하겠다." 하였습니다.

인간은 70%가 물로 구성되어있습니다. 그렇습니다. 난 '물'입니다. 나는 '물'이기에 바로 도道이지요. 나를 '물'로 보니? 사람아, 물만 하여라. 누가 나를 '물'로 본다면 고맙다 하여라.

물은 낮은 곳으로 흐르는 겸손, 막히면 돌아가는 지혜, 더러운 물까지 받아주는 포용력, 어떤 그릇에나 담기는 융통성, 바위도 뚫는 인내와 지구력, 장엄한 폭포처럼 투신하는 용기, 유유히 흘러 바다를 이루는 대의를 갖추고 있습니다. 감히 물만 하겠습니까.

물은 아래로만 흐르는 것은 아닙니다. 위로 솟구칠 수도 있지요. 분수대와 펌프의 물은 그렇습니다.

흐르는 물도 찰나로 멈출 수 있습니다. 흐르는 시냇물에 한 번 담근 발을 다시 담글 수는 없습니다. 만물유전萬物流轉이지요. 하지만 사진으로는 물의 흐름도 찰나刹那로 멈출 수 있습니다. 역광의 사진에 담긴 멈춘 물은 참 신비합니다. 신비로움이란 늘 보는 것과는 다른 체험이며, 세상을 다르게 보게 하는 것이며, 때론 낯설게 만들기도 합니다. 그러하기에 '신비로움'은 아름다움의 본질이기도 하지요.

아름다움의 본질이기도 하지요.

관 뚜껑의 마지막 못을 치는 소리가 들릴 것 같은 적막함 속에서도 명상원 앞 호수의 물은 움직이고 있습니다. 그물에 걸리지 않는 물처럼, 그물에 걸리지 않는 바람처럼, 걸림 없이, 그저 흘러가는 대로 흐르고 있습니다.

흐름은 찰나刹那들의 연속! 즉, 찰나라는 '순간 멈춤'의 연속이 흐름입니다. 그것을 법法이라 합니다. 법法은 물 '수水'자에 갈 '거去'이니, 물이 흐르는 것처럼 흘러가는 것이 법(진리, 진실)이지요. 만물과 제 현상은 영원한 것이 없고, 그 찰나의 흐름만이 존재한다는 무상無常의 진리입니다.

완연한 여름 날씨에 꽃들도 열매도 온전히 익었습니다. 벌은 꿀을 채취하고 녹음과 떨어진 꽃잎들은 아름다운 길을 열었습니다. 자연은 이미 그러하건만 내 존재는 익어가고 있기나 한지 돌아봅니다.

저녁 강의를 마치고 제자들과 게으른 밤 산책을 하였습니다. 무더운 여름밤이지만 열강만큼 뜨거운 것은 없지요. 산책에서 돌아오는 길에 갑자기 한여름 소나기가 퍼부었습니다. 강의 후의 목마름을 고즈넉이 적셔주었습니다. 등에 업고 개울을 건널 소녀가 올까 봐 두리번거렸습니다.

비가 세차게 내리는 한여름 밤입니다. 차 한 잔 우리는 여유를 부려봅니다. 비를 피해 풀벌레 우는 밤, 산골 마을의 밤은 깊어만 갑니다. 잠 못 이루는 그대와 나를 위해 끽다喫茶합니다.

그대여, 차나 한 잔 하고 가시게喫茶去!

여름 산책 13

세심 洗心

비가 오니 명상원 앞산 능선에 운무雲霧가 자욱합니다. 눈을 가리고 판단을 흐리게 하는 운무이지만, 구름과 안개는 자연을 어루만지며 자연을 담고 저 자신도 자연에 담깁니다. 한 폭의 산수화를 자연의 화백이 치고 갔습니다.

운무는 바람이 부는 대로 자연스럽게 흘러가기에 어디든 머물고, 스스로 떠날 수 있습니다.

빈 배처럼 바람이 부는 대로, 물이 흐르는 대로 흘러가면 부딪혀도 자유롭게 다시 흘러가거나 머뭅니다. 그것은 배가 텅 비어 있기에 자유로울 수 있고, 머물 수 있지요.

내 몸과 마음도 빈 배만 같으면 누구와 부닥쳐도, 어떤 문제가 닥쳐도 자유롭게 머물 수 있습니다.

내 집 앞마당과 길에 버려진 쓰레기를 깨끗이 쓸 듯, 내 마음의 마당과 마음의 길에 놓인 미망한 아상我相과 탐욕과 번뇌를 쓸어냅니다. 에고와 아상我相이란 가장 쓸어내기 힘들고 무거운 쓰레기입니다.

하지만 깨끗이 청소된 텅 빈 집에서 가만히 앉아 밖을 무심히 바라보듯, 그러하게 내면에 안주할 수 있도록, 내면을 텅 빈 충만으로 쓸어 놓습니다.

무한한 우주를 마음이라는 공간에 담을 수 있습니다. 하지만 먼저 마음을 텅 비워 놓아야 담을 수 있습니다. 그래야 우주가 채워질 수 있겠지요. 그것이 스스로 우주와 하나가 되는 길입니다.

내 마음의 빗자루! 그것은 바로 끊임없는 수행입니다. 내 마음의 빗자루는 '바로 지금 여기에서'라는 곳에 머물고 있으며, '자유 의지'라는 무료 티켓으로 살 수 있습니다.

폭우가 내리지만, 호수는 아직도 갈증이 나나 봅니다. 더 채우려 하는지 미동도 않고 끊임없이 비를 담고 있습니다.

장마의 폭우로 강물이 탁하지만, 모든 오염된 더러운 것들을 씻어내고 있습니다. 마음의 탁류도 씻어 내려야 하건만, 씻어질 일이라면 오욕칠정 마저도 씻어 내고 싶습니다. 마음이 머무는 곳이 성지이니, 마음의 때를 미는 때수건만 있다면 어딘들 성지가 아니겠습니까. 폭우 아래에서 마음의 때를 씻습니다. 내 더러운 때를 보태 더 탁하게 하였어도, 여전히 강물은 하염없이 세월 따라 흐릅니다.

빨랫감을 반드시 빨랫줄에 말릴 이유는 없습니다. 또한, 반드시 빨랫감만 말릴 이유도 없습니다. 빨래걸이에 곰팡내 나는 내 마음도 함께 널어 말립니다.

마음속 침울하고 습한 스멀거림을 화창한 햇살에 정갈히 바짝 말립니다.

절대고독 속에서는 처절한 외로움이 그리움의 무게가 되기에 그 무거운 마음도 꺼내어 널어 말립니다. 빨래집게는 기다립니다. 내 맘속에 있는 부정적 사념을 씻어 널어 주기를요.

흩어진 잎들이 모여 더 큰 아름다움을 만듭니다.

톨스토이는 다음과 같이 말합니다.

"부란 분뇨와 같아서 그것이 축적되면 악취를 내고, 흩어지면 땅을 비옥하게 한다."

이타행利他行을 위해선 나눔의 철학이 필요합니다. 자연과 벗하며 사는 것도 하나의 축적된 욕심일지도 모르겠습니다. 그 욕심은 무한정 나누어 주어도 마르지 않을 듯싶습니다.

분뇨는 제 몸속에 있을 땐 안 더러운 것으로 여기지만, 나오면 더러운 것으로 취급됩니다.

제 몸속에 있을 땐 노폐물, 나오면 오물이라 합니다. 같은 것을 다르게 보는 것은 분별심分別心 때문이겠지요. "웬 똥이야?"라기 보다는 "아이고, 똥꿈이다!"가 정신적 건강에 더 이롭겠지요.

본능은 부끄럽지 않은 것입니다. 단지 보는 눈이 부끄러울 뿐입니다. 그저 그러하게 사는 것이 본능적인데, 우리네 삶이 그렇게 살도록 그냥 내버려 두질 않지요.

남의 눈치 보느라, 내 체면 챙기랴, 그냥 널브러져 본능적으로 지내는 것을 남이 그리고 자기 자신 스스로가 용납하지 못하는 세상이라 그렇습니다.

본능이 부끄럽지 않은 세상은 도처에 그대로 존재하고 있겠지만, 그러지 못하는 우리의 아집我執이 그것을 보지 못하고 있습니다. 바나나 껍질을 벗겨 오물 위에 함께 버리듯, 나의 아상我相과 아집我執이라는 껍질도 그렇게 쉽게 벗겨 버려야 합니다.

눈 막고, 귀 막고, 입 막고, 그 '비움'과 '버림'을 가장 큰소리인 침묵으로 마음 작용 없이 단지 바라봅니다.

여름 산책 14

그저 사랑하라!

소만小滿.

이 절기에는 들과 산이 온통 녹색 빛을 띠는데, 상록수인 대나무만은 새로 돋아나는 죽순에 모든 영양분을 공급하느라 누렇게 변하게 됩니다. 그렇게 스스로 찌들어야 새로운 생명을 키우듯 희생적 사랑이 타를 위한 이타심이 됩니다. 자신의 생명만을 귀하게 여기는 무심한 인간들에게 대나무가 몸짓으로 가르치고 있습니다.

성격이 너무 대쪽같이 직선적인 이는 타인에게 화살로 돌아갑니다. 비록 대나무는 직선으로 서 있지만, 그의 마디는 곡선으로 둥글게 이어져 있습니다. 지구본에서 직선을 계속 연결하면 곡선이 되듯, 결국 그 화살은 내게로 돌아옵니다.

"총명하지 않고 너무 직선적인 자는 자신을 망치고 다른 몇몇 사람에게도 해를 입힌다.
숲 속의 곧은 나무는 그 근본으로 말미암아 베어지고 곧은 화살이 되어 다른 쪽을 죽인다."

– 사꺄 빤디따의 「선설보장론(善說寶藏論)」 3장

대나무는 10~60년을 수기로 연놋빛의 순수한 꽃이 피는데, 열매를 맺으면 죽고 마는 공통점이 있습니다. 꽃을 피우면 죽어야만 하는 운명인데도, 60년이라는 세월 동안 자신의 속을 비우고 비워서 꽃을 피웁니다.

비움으로써 얻게 되는 개화는 그의 버림과 비움이라는 절개의 삶과 상통하니 대나무가 군자임은 틀림없네요.

또한, 폭염의 뜨거움과 겨울의 시린 기온에도 불구하고 아무런 불평 없이 기개를 잃지 않고 푸름을 잃지 않는 대나무는 군자임이 틀림없습니다. 냄비처럼 빨리 끓고 빨리 식으면서도 불평 많은 소인배와는 차원이 다릅니다.

하루살이에게 아무리 내일을 말해 본 듯 그들이 이해하지 못하듯이 저 또한 미망해서 한 치 앞을 잘 모릅니다. 하지만 아직 살지 않은 날들이 아름다울 수 있도록, 저도 저의 아집을 스스로 조금씩 천천히 비워야겠습니다.

"그저 사랑하라!"

다른 수식어를 더는 붙일 필요가 없습니다. 나머지는 사족입니다. 그런데 우린 사랑에 너무도 많은 조건을 붙입니다. 조건 없는 사랑은 사랑 자체이기에 순수한 사랑입니다. 존재의 자연스러운 상태란 사랑과 평화가 가슴에 일렁일 때입니다.

"생각하지 말고 그저 사랑하라."

완전한 사랑은 없습니다. '순수한가, 조건적인가' 그뿐입니다. 자신에게 친절해야 남에게도 친절할 수 있습니다. 자신을 사랑해야 남도 제대로 사랑할 수 있습니다.

"그냥 사랑하라."

그냥이라는 것, 그것만큼 더 큰 사랑의 이유는 없습니다. 이미 사랑스럽고 좋은 것을 사랑하지 못하는 이는 없지요. 싫은 것조차도 감싸 안으며 사랑하는 이가 진정 사랑할 줄 아는 이입니다. 모든 허물마저 사랑으로 따뜻이 보듬는 그런 사람이 곁에 있으면 좋겠습니다.

엄마는 아이가 자는 걸 보고 가려 하고, 아이는 엄마가 가는 걸 보고 자려 하고, 모든 사랑의 인연법은 이러합니다.

강이 바다로 수천 년을 흐르되, 바다는 언제나 줄지도 넘치지도 않으며 그 자리에 있듯이, 저 무욕의 땅을 넘어 줄지도 넘치지도 않는 사랑에는 너와 나의 이원성이 사라집니다.

독버섯도 살이 찌는 그런 날에 거미줄에 먹이로 잡힌 녀석들이 발버둥을 칩니다. 누군가에게 살이 되어준다는 것, 온전한 희생만이 가능한 일입니다. 거미줄에 한 녀석도 걸리지 않으면 누구에겐 다행, 누구에겐 허탈이겠지요.

맑은 날엔 잘 보이지도 않던 거미줄이 비를 맞으니 선명하게 드러납니다. 가녀린 비마저도 거미줄에겐 감당하기에 무겁습니다. 그런데도 거미줄은 그 가녀린 존재마저 놓으려 하지 않습니다. 인연법이란 아주 가녀린 줄에도 얽히고설키는 법! 한 줄의 거미줄만 당겨도 전체의 거미줄이 움직입니다. 인드라 망(Indra net)과 같은 인연법을 무시하지 못하는 이유입니다.

"사랑의 교류를 제외하고는 실재에 이르는 길은 없다"

– Rumi

"아무리 가까운 사이라 하더라도 사람 사이에는 늘 심연이 도사리고 있습니다. 그곳에는 임시로 놓인 다리밖에 없지만 그래도 이 다리를 건널 수 있는 것은 사랑일 뿐입니다."

– 크놀프

여름 산책 15

세파와 세태

반딧불이가 초록이 가득한 숲에서도 초록 불빛을 밝힙니다. 밤에도 초록이 있음을 알려 주려 하는가 봅니다. 칠흑 같은 그믐날 밤에는 여러 마리의 반딧불이가 나무에 앉아 크리스마스트리같이 온 나무를 장식합니다. 그 반짝이는 운율은 마치 오케스트라를 방불케 합니다.

반딧불이는 여름철 물가의 풀밭에서 수초에 알을 낳으며 애벌레는 맑은 물에서만 삽니다.

그래서 청정지역에서만 산다는 반딧불이는 산골 명상원에서 청정한 밤의 로맨스를 꽃피웁니다. 로맨스는 영화에만 있는 것이 아닙니다. 깊은 산골엔 무료 야외영화관이 그렇게 상영되고 있습니다.

제가 다가서니 반딧불이가 녹색 불빛의 춤을 멈추고 두려움으로 경계를 한다는 것은 제 마음이 혼탁하여 청정한 것이 아니라는 것을 여실히 말해

주는 것이겠지요. 산골 숲 속에 살아도 탐심과 부정적 사념을 못 비우는 전 아직도 몽매한 중생인가 봅니다.

반딧불이가 앉아 빛을 발하던 환상적 나무 아래에서의 곡차명상의 추억을 이제는 아련한 추억으로 돌려야 함은 세태가 세월을 그냥 내버려 두지 않기 때문이겠지요. 그래도 그나마 그런 회상에 젖을 수 있음은 행복한 인연들입니다.

반딧불이의 초록 불빛은 폭풍이 불어도 꺼지지 않습니다. 빛이 자기 내면에 있기 때문이다. 외부적 쾌락이 아니라 내면의 희열로 가득 찬 이는 어떤 세파에도 그 희열의 빛이 어두워지거나 꺼지지 않습니다.

자기 자신의 고요한 마음만을 추구하는 세속 밖의 은둔자가 아니라, 세속 안에 있으면서도 고요한 마음을 유지하는 사람이 진정한 은둔자일 것입니다.

거센 폭풍이 높이 고개를 들고 서 있는 거목은 부러뜨려도 낮게 고개 숙인 풀은 부러뜨리지 못합니다.

메마르고 삭막한 사막의 모래바람도 사막도시 어린아이의 표정과 눈에서 촉촉하고 맑은 인정을 메마르게 할 수는 없습니다. 세파도 그와 같습니다. 내면이 충만하고, 하심으로 겸손하고, 인정 많은 이는 세파도 피해갑니다.

그대는 흔들거리며 피는 꽃이다. 흔들거려야 서로 터치할 수 있다. 흔들리지 않고 피는 꽃이 없듯이 고난과 역경의 세월은 나를 제대로 세우는 일이다. 그대는 이미 진정 아름다운 사람임에.

날씨는 비가 내려 우울하지만, 지리산의 자연은 언제나 청정 무구합니다. 그렇게 '세상'은 맑고 향기롭지만 '세태'가 가만히 놓아두지 않네요.

비에 젖지 않고 피는 꽃이 어디 있으며, 세태에 젖지 않고 가는 삶이 어디 있겠습니까마는, 제 마음은 탁하고 썩어 악취가 진동합니다. 부패한 것은 썩었다는 것입니다. 발효된 것은 익었다는 것입니다. 우리의 인격도, 마음도, 영성도 잘 발효되어 익어가기를 바라봅니다.

구름은 날개가 없어도 하늘을 납니다. 바람은 부채가 없어도 시원함을 일으킵니다. 달과 별은 전기가 없어도 밝게 빛납니다. 그렇게 스스로 모든 것을 하지만 거만하게 자랑하지 않으며, 우주의 순리를 거스른 적이 없습니다.

마음 또한 다리가 없어도 어디든 나다닙니다. 하지만 거만하게 자랑하지 않고, 자연의 섭리를 거스르지 않고 다니는 그런 마음을 가진 이를 잘 보지 못했습니다.

가을산책

느리게 그리고 여유롭게

비움과 채움의 계절입니다.

땅에 떨어져 제 몸이 썩어야

잘 익은 밑거름이 되듯,

새 생명이 되는 것은 죽음으로써

가능한 일이지요.

가을 산책 1

비천飛天 할지라도

가을이란 갈 마음이기에 그리 불리는 것일까요.

벗과 끽다거하기에 좋은 물맛, 애잔한 그리움이 가슴에 밀려오기 쉬운 바람, 자신의 소임을 다하고 절정의 아름다움을 붉게 빛내며 떨어지는 낙엽들, 곡차가 익어가기에 좋은 밤들, 시와 소설의 한 구절에 가슴 두근거리는 설렘, 잠시 멈춰 서서 나 자신을 돌아보게 되는 고요한 길, 겨울을 맞이하며 새롭게 또 피어날 기약의 비움인 가을이 그렇게 넉넉함과 풍성함으로 익어가고 있습니다.

노자는 비움의 미학을 다음과 같이 말했습니다.

"배움은 날마다 채우는 것이다.

도道를 닦는 것은 날마다 비우는 것이다.

열심히 산 자만이 날마다 비울 수 있는 자격이 있다.
배우지 않고서는 버릴 수 있는 지식이 없기 때문이다."

가을은 그런 비움과 채움의 계절입니다. 모든 꽃은 자신이 언제 꽃을 피워야 하는지 알고 있습니다. 하지만 요즘은 어이 된 일인지 한여름에도 코스모스가 피고, 겨울에도 개나리가 피고, 가을에도 눈이 내립니다. 지구 온난화 때문에 시절이 바뀌고 있다는 것은 알지만, 다들 미쳐버릴 것이 너무 많아 자연이 질서를 잃어버렸는지도 모릅니다. 자연의 질서가 무너지면 사람도 설 자리가 없습니다.

편리와 이기로 인한 공해로 찌들은 사람도, 화학비료에 절어버린 땅도 점점 감각이 마비되어 갑니다. 그 와중에도 토란은 익어가고 풀꽃들도 옆에서 자기 색을 뽐냅니다. 고양이 녀석은 쥐를 잡아 놓고 주인 앞에서 자랑질을 합니다. 가을은 그렇게 흘러가고 자연의 색은 참 곱게 다가옵니다.

자연이 점점 아름다워 보이고 그렇게 가까워지는 걸 보니 아마도 나도 늙는 가 봅니다. 어쩌면 늙는다는 건 이미 한 귀퉁이에서 기다리고 있던 나를 다시 들여다보는 일일지도 모릅니다.

비천飛天할지라도 결국 나의 어깨에 기대고, 내 손으로 나를 잡고, 내 눈으로 나를 바라볼 수밖에 없는 삶입니다.

비가 그치니 단풍이 제 빛을 더욱 발합니다. 비는 자연이 스스로를 정화하는 몸짓입니다. 단풍이 절정을 향해 치닫고 있네요. 그 빛을 바라볼 수 있다는 것만으로도 감사한 세월입니다.

물든다는 것은 어쩌면 본연의 색이 드러남이기도 하지요. 나뭇잎은 푸름이 아닌 붉음이 원래 제 색인지도 모를 일입니다. 단풍이 붉게 물들 듯, 내

마음도 하늘처럼 쪽빛으로 물들고 있습니다. 마지막 붉은 단심을 열정으로 불사르는 단풍이 하늘에 별을 달아놓고 마지막 빛을 발합니다. 오성五星장군도 훈장을 하늘에는 달지 못할 겁니다. 하늘에 피어난 별입니다.

지리산의 아침 공기가 싸합니다. 어깨에 숄을 걸쳤지만, 나이가 먹어 가니 어깨의 스산함도 깊어만 갑니다. 하지만 나이 먹는 것도 단풍과 같아 그리 서글픈 것만은 아닙니다. 잘 물든 단풍이 봄꽃보다 아름답듯이, 나이도 잘 물들면 아름다울 수 있지요.

이제는 돌아와 거울 앞에 선 국화 옆에서의 누님처럼, 나이가 들수록 자신의 삶이 원숙하고 아름다워지고 있는지 자신을 돌아봅니다. 아름답게 나이가 들어간다는 것, 그것은 세월의 선물입니다.

단풍은 그저 햇빛과 대화하며 자태를 뽐내고 있습니다. 호랑이는 산을 보고 작별을 고하지 않듯, 일편단심 붉은 마음이야 어디 가겠습니까. 오로지 그대만을 '해바라기' 하는 것처럼 '빛 바라기' 하고 있습니다.

저 붉음이 바래지면 스산한 겨울바람이 불어오겠지요.

옷깃을 여밉니다.

가을 산책 2

그 무엇에 물들고 젖어든다는 것은

불화살같이 내리쬐던 햇볕도 저녁이 오고 밤이오니 식어가고 있습니다. 거기에 비마저 내립니다. 저녁이 오고 밤이 오고 비가 오면 쓸쓸해지는 건 인간만이 아닙니다. 이때는 사람과 짐승과 나뭇잎들 모두 순해집니다. 자신의 외로운 모습을 바라보아야 하니까 그런가 봅니다.

떨어진 낙엽에 마음이 허해서 바람이 깊어지는 가을날 밤입니다. 가을 내음이 스산한 바람이 되어 가슴에 사무칩니다. 그 사무침 또한 내 마음의 작용일 뿐이기에 그냥 놓아버릴 일이겠지만, 하지만 그 사무침 뒤로 스산함이 영글어만 갑니다. 풍성한 가을걷이는 그렇게 스산함이 여무는 것이겠지요.

자연으로 각인된 마음은 언제 어디서든 영글어 사라지지 않는 법입니다. 그 어디에 가을이 깊어서 좋은 것인가요. 가을이 깊어가는 소리에 오히려 가슴 한편이 휑해집니다. 그동안 걸어온 나의 삶의 길이 그리 가볍지만은 않습니다. 참회하는 걸음걸이의 무거움에 게으른 산책은 그 무게를 더하기도 합니다. 가벼운 산책을 위하여 더 내려놓아야 할 일이지만 말입니다.

가을이 내려앉자마자 푸른 은행잎 하나가 너무 일찍 서둘러 내달렸나 봅니다.

푸른 잎으로 떨어진다는 것은 감당할 수 없는 아픔일 텐데, 추억거리 하나 먼저 남기고자 함이었을까요. 그래도 스스로 떨어지면 덜 아플 텐데, 그 무엇에 의해 그러하다면 더 많이 아프겠지요.

노란 잎 새는 병든 '마지막 잎 새'인가요, 아니면 이미 제구실을 다 하고 완숙하여 놓음의 철학을 실천하는 '처음의 잎 새'인가요?

덜 익은 놈일수록 오랫동안 줄기를 놓지 않지요. 누더기처럼 해져도 벌레에게 영양분으로 자신을 내어 주고 그렇게 떨어진 낙엽은 아름답습니다. 폭풍우가 오기 전 나무는 잎의 무거운 옷을 벗습니다. 낙엽이란 비움과 놓음과 버림입니다. 그래야 폭풍우에 자신이 쓰러지지 않을 수 있습니다.

떨어진 낙엽을 보고 있노라면 더 갖고 싶은 것보다는, 내가 이미 많이 가진 것을 생각하게 됩니다. 놓고 버리고 비워야 할 것들을 먼저 챙기게 됩니다.

은행잎이 세월의 유수처럼 떨어집니다. 제 할 일을 다 하고 바람에 날리어 노랗게 익어 떨어져도 제 모습을 잃지 않습니다. 세월의 농익음은 오히려 아름다움을 더 합니다. 그 무엇에 물들고 젖어든다는 것, 그것은 병듦인지도 모릅니다. 그렇게 가을은 앓고 있는지도 모릅니다.

수정인가, 구슬인가, 아니면 이슬인가? 낙엽이 실핏줄마저 내보이고 있습니다. 떨어진 낙엽도 그 아름다움을 뽐낼 수 있는 것은, 속을 다른 이에게 다 내어 비추고도 그와 어울리기 때문입니다. 속을 다른 이에게 다 내어 비추고도 아름다운 이! 그를 자연인이라 하고 싶습니다.

말라버려서 속이 다 들여다보이는 낙엽은 속을 드러내 보여도 아름답습니다. 속이 보인다고 부끄러워할 일이 아닙니다. 내 속도 그리 보여줄 수만 있다면 임은 나를 아름답다 하겠지요. 떨어진 잎 새에 가을빛이 머뭅니다. 자신을 붉게 태워 색을 발합니다. 그래도 핏빛으로 살다 가니 미련은 없습니다. 붉은 단심입니다.

낙엽은 흔적으로나마 남아 막바지 몸짓으로 자신의 존재성을 알립니다. 제 몫을 다했기에 푸른 젊음이 떨어져도 아름다울 수 있습니다. 열정으로 자신을 불태운 자는 늙어서도 아름답습니다. 열정만큼 아름다운 것은 없습니다. 열정이 없는 젊음은 더는 젊음이 아닙니다. 젊어도 추할 뿐이지요. 아직 열정을 태울 시간과 공간은 충분합니다.

떨어진 낙엽도 아름답듯이, 삶의 뒤안길에 선 그대도 아름답습니다. 비록 단풍처럼 홍조로 붉게 물들진 않았지만, 세월의 경륜으로 주름진 모습도 아름다운 것이지요. 세상이 아직도 아름다운 것은 보이지 않는 곳에서도 스스로 아름다움으로 살아가는 그런 자연이 있기 때문일지도 모를 일입니다.

그런 자연 같은 이가 참 많이도 그립습니다.

가을 산책 3

외딴 산골 구석에 산다는 것

한 촌옹村翁께서 삶에 지친 노구를 시장 버스정류장 평상에 잠시 누이셨습니다. 경륜의 여유가 아름다운 촌로村老의 평상에 걸터앉아 누우심이 예술이네요. 누워서 가만히 하시는 말씀이, "난 공중도덕만은 잘 지키는 사람인데……."입니다.

지친 노구를 잠시 누이시는 것도 젊은이가 앉지 못할까 저어하시며 미안해하시는 한 촌로의 가슴에는 생에 대한 그리움과 아쉬움만이 남아계시거나, 아니면 이미 모든 미련과 집착을 일으키는 여러 인연을 놓아 버리셨는지도 모를 일입니다. 그저 한 몸 누일 한 평의 평상마저 내 것으로 할 수 없음이 못내 서럽습니다.

어쩌면 따스한 햇볕에 그저 무료히 앉아 있는 한 촌로의 여유로운 얼굴을 닮으려 저는 외딴 산골 구석에 살고 있는지도 모릅니다.

봄엔 피어오르는 새싹하고 아기자기 소근 대고, 여름엔 푸른 녹음과 깊은 대화도 하고, 가을엔 화려한 단풍과 쓸쓸한 낙엽의 어깨 위로 손도 얹어보고, 겨울엔 흰 눈과 씨름도 하며, 가끔은 푸른 하늘도 올려다보고, 밤하늘의 별도 바라봐주고 있습니다. 신발 끈 질끈 동여매고 등짐 하나 둘러메고 길 위에서 느릿느릿 걷는 여유로움, 게으른 산책이 주는 소소한 행복이겠지요.

사방이 그렇게 산책의 대상이 되건만, 겸허의 마음으로 고개를 들고, 하심下心하는 마음으로 허리를 굽혀야 보이는 자연이 주는 말을 들을 귀가 자주 막혀 있고, 볼 눈이 자주 감겨버려, 여유롭게 옆도 돌아보지 못하고 여유와 느긋함을 잃어가고 있는지도 모를 일입니다.

산골 마을에선 다들 오래 사시지만, 정육점과 약국과 스포츠센터와 신경과 의사와 장의사는 장사가 안되어 산골에 오래 살 수가 없습니다.

지천으로 깔린 게 산나물이라 육식을 피하니 정육점엔 파리만 날리고, 산속으로 들어서기만 하면 약초가 채취되니 병원 약을 멀리하고, 대중교통이 자주 오지 않기에 많이 걸을 수밖에 없어 따로 러닝머신 하러 스포츠센터에 갈 이유가 없고, 꼭두새벽부터 밭에서 일하시느라 우울할 시간이 없을 뿐만 아니라, 늘 여유로운 마음으로 자연과 함께 웃고 사시니 신경이 예민해지는 일이 없어 신경과에 갈 일이 없습니다. 그리 사시니 오래 사시고, 오래 사시니 장의사는 할 일이 없어 나무만 깎고 있습니다.

가을 잎새가 봄꽃만큼 아름다운 시절입니다. 가을빛이 봄빛이 되었네요. 나무가 오랜 세월 자신을 지탱할 수 있는 것은 굵은 뿌리와 곧게 뻗은 줄기가 아니라, 비록 한순간 피고 지고 떨어지지만, 한낱 가녀린 나뭇잎일지도 모릅니다.

자연은 그 대가를 바라지 않습니다. 그저 줄 뿐입니다. 자연은 아무 말이 없는데 우리네 마음이 '온다, 간다.' 합니다. 아쉬움만 남긴 채 가을을 이렇게 놓지 못하고 있습니다. 하지만 세월은 무심히 유유히 흘러갑니다. 아마도 하얀 여백으로 그저 그렇게 묵묵히 배경이 되어 주는 것만이 그를 돋보이게 함이겠지요.

오늘은 해가 추분점에 이르러 밤과 낮의 길이가 같아진다는 이십사절기 중 하나인 추분秋分입니다. 어둠 속에 숨은 달에게 소원을 간구하기보다는 이처럼 자연 속에 거할 수 있음을 감사해 합니다.

호수의 물고기는 물속에서도 목이 마르듯 제철에 피고 지며 철드는 그를 늘 보고 지내면서도 철들지 못한 저를 돌아봅니다.

아상我相과 에고 ego

거미와 거미로부터 나온 거미줄, 금과 금으로 만든 물건들, 불과 불꽃들, 진흙과 진흙으로 만든 그릇들, 악기와 악기에서 나온 소리들.

일一과 다多의 관계에서 그것이 전개된 전변轉變이든, 가상적으로 나타나 보이는 것에 불과한 가현假現이든, 결국 이름(nāma)과 형태(rūpa)에 불과하기에 궁극적 실재인 근원으로 귀의한 인간은 나타난 다양한 모습인 현상(maya)에는 얽매이지 않을 것입니다.

아상我相이란 그런 것. 나는 내 이름과 내 모습의 형태에 얽매여 그것이'참나'인 줄 알고 지내는 시간이 얼마인가요?

아상을 내려놓으라고, 탐욕을 비우라고, 집착을 버리라고 하지만, '어떻게'가 늘 관건입니다.

분별없이 그저 바라보는 것, 그렇게 그저 바라보면 사라집니다.

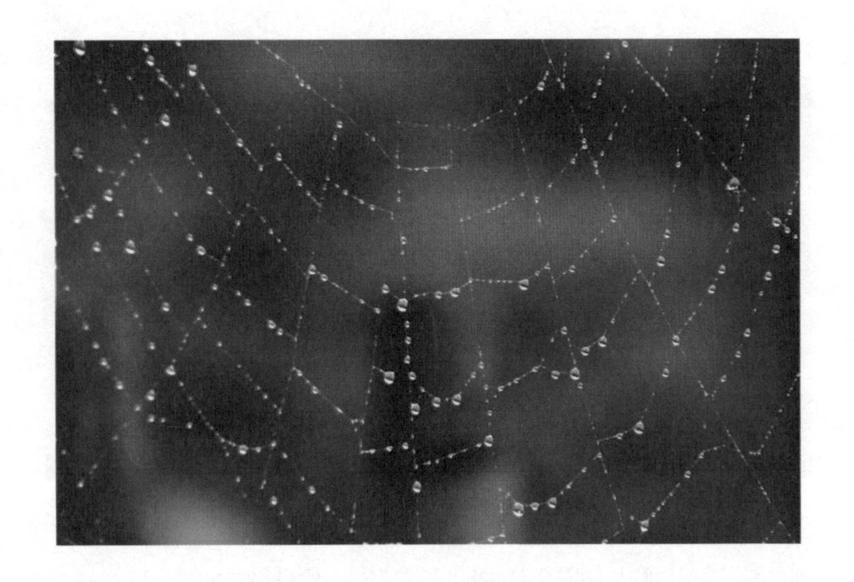

얕은 계곡 물과 빈 병은 요란한 소리를 내지만, 장강과 꽉 찬 병은 조용합니다. 스스로의 내면으로 침묵할 수밖에 없음입니다.

나라는 에고를 놓기가 어려운 것은 스스로 두려움과 무지로 인해 애착으로 놓지 못하고 있기 때문입니다. 사람이 가장 아름답게 존재하는 때는 자기를 겸허히 놓고 버릴 때를 아는 순간입니다. 성자聖者와 현자賢者가 아무런 두려움과 애착 없이 에고와 아상我相을 가차 없이 놓고 버릴 수 있음은, 그때만이 참나眞我(Ātman)의 존재로 거듭난다는 것을 알기 때문이지요.

나무가 가장 아름답게 물들 때는 자기를 겸허히 놓고 버릴 때를 아는 순간입니다. 나무는 아무런 두려움과 애착 없이 아낌없이 내려놓습니다. 나무가 두려움과 애착 없이 자기를 내려놓을 수 있음은, 결국 다음 해에 꽃피울 자기의 밑거름이 된다는 것을 알기 때문입니다.

실루엣으로 돌아선 그림자의 아상我相도 승화된 아름다움을 기다리고 있습니다.

곶감을 만들기 위해 감의 껍질을 벗기고 있습니다. 저리 나의 허물과 아상我相을 벗겨주는 기계가 있다면 특허를 내겠습니다. 허물 벗기, 그리 어려운 일만은 아니네요. 많은 일이 일어날 수 있습니다. 겉모습으로 빙산의 일각만이 드러나 있을 뿐입니다. 저도 저를 잘 모릅니다.

소크라테스는 아테네 시민들에게 변명합니다.

"나는 내가 진정 누구인 줄을 모르고 있음을 알고 있고,

그대들은 그대의 자신이 진정 누구인지를 모르고 있다는 것을 모르고 있음이 나와 그대들의 차이점일 뿐이다."

'Who am I? 나는 누구인가?' 'Know yourself! 네 꼬락서니를 알라!'

걸으며 곱씹어야 할 화두입니다. 어둠이 깊어질수록 새벽이 밝아오듯이,

얼음이 두꺼워질수록 봄이 빨리 오듯이, 그늘이 어두워질수록 빛이 더 빛나듯이, 아집의 비곗덩어리가 홀쭉해질수록 영혼은 살이 찝니다.

하늘은 높고 말은 살찐다는 가을이 아니어도, 말과 소들은 풀내음과 청아한 바람에 마비되어 살이 찝니다. 나는 어느 것에 마비되어 영혼의 살을 찌울 것인가? 그 또한 에고의 바람일 뿐인가요.

상대를 있는 그대로 사랑하고 인정하기란 나를 놓지 않고서는 어려운 일입니다. 나만을 주장하고 내세우는 에고에는 상대를 있는 그대로 받아들일 수 있는 빈 공간이 없기 때문입니다. 나는 있는 그대로의 너를 사랑합니다.

석굴 천장을 떠받치고 있는 무정물인 석주石柱는 천장을 어깨에 짊어지고 수천 년의 세월을 아무런 불평 없이 지내왔습니다. 하물며 그의 모습은 힘든 기색 하나 없이 아름답기마저 합니다. 공경과 겸손의 마음으로 나를 버리지 않았다면 그 자리에 머물 수 없었을 것입니다.

저의 에고를 버리고 저를 낮추어 머리를 숙입니다. 저의 소임도 아름답게 가꾸겠습니다.

가을 산책 5

아름다운 파괴

"사람들이 정말로 두려워하는 것은 홀로 있는 것이 아니라 외톨이로 여겨지는 것이다. 당신은 혼자 있어서 외로운 것이 아니라, 혼자 있지 못해 외로운 것이다. 루소는 '사막에서 혼자 사는 것이 사람들 사이에서 혼자 사는 것보다 훨씬 덜 힘들다'고 말했다. 외로움은 주위에 아무도 없을 때가 아니라, 사람들과의 관계 속에 있을 때 엄습한다."

– 마리엘라 자르토리우스의「고독이 나를 위로한다」중에서

절대 고독은 오히려 나를 위로합니다. 절대고독 속에서는 고독만이 있기에, 고독은 더는 고독으로 느껴지지 않으니 그 시간은 치유의 시간이 됩니다. 절대고독의 시간에는 고독을 잃어버린 시간이기에 그 무엇인가가 내 안에서 나를 위로하고 있기 때문입니다. 절대 고독 속에서 인간은 자신의

내면에 있는 '참나'를 발견하게 됩니다.

그렇지만 나 자신을 사랑하고, 정화하고 치유하기 위한 고독의 시간이 아니라면, 그것은 외로움이라는 마음의 병이 되지요.

익숙한 처음처럼 고독이 그리 낯설지 않음은 우리네 모두의 모습이기에 그러한 것일까요. 모든 인연법이 그렇습니다. 누구도 영화관의 스크린의 화면내용이 실제의 대상이라 여기지 않듯이, 그렇게 스크린 위로 스쳐 지나갈 뿐입니다. 스크린은 화면의 내용이 어떻든 관여치 않습니다. 폭탄이 터지는 장면에도 찢어지지 않고, 슬픈 내용에도 눈물 흘리지 않으며, 기쁜 내용에도 웃지 않습니다. 스스로의 모습으로 여여히 그저 존재할 뿐이지요.

진정한 바라봄은 스크린의 바라봄과 같이 아무런 마음의 작용 없이 바라보는 것입니다. 그를 진정 '바라보는 자'라 하겠습니다.

무정물도 가슴이 그립습니다. 서로 다투지 않습니다. 그저 제 자리에 서 있을 뿐입니다. 죽음도, 외로움도, 고독도 늘 삶의 곁에서 친구로 자리 잡고 있습니다. 그 고독이 모든 존재를 위한 것이라면 수행자는 마땅히 그를 친구처럼 동반해 나가야 할 일이겠지요.

삶과 죽음도 그러합니다. 달래가면서 친구로 함께 가야만 합니다. 그 녀석들이 달래지려나 모르겠지만.

죽음은 새로운 생명의 시작점입니다. 파괴는 새로운 창조의 완성을 위한 것이지요. 그것은 아름다운 파괴입니다. 파괴되지 않으면 부패한 것이 차고 넘쳐 썩어 문드러질 뿐입니다. 꽃은 흙에서 피고 흙으로 돌아갑니다. 죽음이란 자연의 품에 기대는 것일 뿐이지요.

가을 산책 6

죽음은 삶의 연장선

살아가고 있다는 것은 반면에 죽어가고 있다는 것입니다. 모든 생명은 영원하지 않습니다. 영원하지 않기에 더욱 아름답지요. 슬픔도 기쁨도 스쳐 지나갈 뿐, 영원하지 않기에 이겨낼 수 있는 것인지도 모릅니다.

사랑하는 이가 죽으면 자신의 감정에만 북받쳐 울고 있을 일이 아닙니다. 그렇게 슬퍼하는 나의 모습을 뒤로하고, 가시는 걸음걸이가 얼마나 무거울 것인지요? 편안히 가시도록 웃어 줍시다. 미소 지어줍시다. 슬퍼서 울며 아우성 칠 일이 아니라, 열반涅槃이라는 지고至高의 행복에 가셨으니 오히려 함께 기뻐해야 할 일이겠지요.

화장터란 삶과 죽음이 공존하는 곳. 삶의 마지막 여정이고 육신의 휴식처이지만, 이승과 저승을 이어주는 유일한 길입니다. 화장터에선 그 누구도 슬퍼하지 않아야 하는 이유입니다. 관심과 기억, 그것밖에 할 수 없다는 것이 이승에 존재하는 살아있는 이의 서글픔일 뿐입니다. 삶은 어느 순간도 영원하지 않습니다. 하지만 지금 이 순간도 영원처럼 살고자 함이 인간이랍니다.

채근담에서 말하듯, "나뭇가지는 고요히 있고 싶으나 바람이 가만히 놓아두질 않는다. 자식이 효도하고 싶으나 부모님은 기다려주지 않는다."

호수의 빈 배처럼 세월은 부모님을 가만히 머물게 하지 않음에, 그저 기억의 한 편린으로만 머묾을 아쉬워합니다. 그래도 짙은 새벽 내음으로 다가옴에 코를 벌름거립니다. 알싸한 내음이 온 모공을 통해 스며듭니다. 비록 발이 닳더라도 강과 호수를 지나, 능선을 지나 하늘나라까지 스스로 걷고 또 걸어서 가야만 하는 것이 인생의 산책입니다. 남은 삶은 짧지만 남겨진 하루하루를 마지막 날인 듯 걸어가야 하는 이유는 죽음은 삶의 연장선이기 때문입니다.

죽음이 그리 낯설지 않음은 우리네 모두의 모습일 것이기에 그러한 것일까요. 그저 평온히, 초연히 받아들이는 삶과 죽음이어야 할 터인데, 저는 미련과 애착과 고독에 몸부림 칠까 봐서 지레 마음을 추스릅니다. 그것은 자기 자신에게 있어서만은 익숙한 처음이기 때문입니다.

화장이든 매장이든, 조장鳥葬되거나 수장水葬이 되든지, 빈손으로 왔다가 이미 왔던 곳으로 빈손으로 돌아가는 다 같은 무상한 생의 마감입니다. 죽음은 어쩔 수 없이 당하는 것이 아니라, 살아서 생의 마감이라는 숙연한 일을 해내는 것입니다. 그냥 죽는 것이 아니라 스스로 죽는다는 것은 참으로 비장합니다. 하지만 죽음이란 삶의 연장선일 뿐이기에 그 또한 장자의 나비입니다.

죽음은 인간에게서 일체의 존재 의미를 박탈해 가는가?소크라테스의 말

처럼 죽음을 앞에 둔 고독은 다가올 영원의 순간에 대한 기대감과 설렘으로 고독하지 않고 더 행복할지도 모를 일입니다. 목숨의 따스함이 고맙습니다. 싸늘한 목숨은 없습니다.

"결코 죽지 않을 것처럼 살더니, 결국 살았던 적이 없었던 것처럼 죽는 것."
– 신과 나눈 이야기 중에서

우리는 살아가고도 있지만 죽어가고도 있습니다. 죽음이 내 삶의 종지부를 찍는 것이 아니라 매 순간 내가 나를 죽이며 삽니다. 잘 산다는 것은 잘 죽는다는 것, 잘 죽었다는 것은 잘 살았다는 것! 결국, 내가 나를 잘 죽이는 것이 내가 잘 사는 법입니다.

그런데 죽이려는 나는 어디에 있고, 죽을 나는 또 어디에 있는고.

가을 산책 7

자신의 영성도 사진으로 찍을 수만 있다면

자연의 색감을 카메라 렌즈는 어느 정도 것은 담아내지만, 그들의 향기와 손끝에 닿는 알싸한 감촉과, 붉은 단심의 이야기 소리는 어떻게 조금이라도 담아낼 수 있을까요?

눈을 감고 모든 모공을 열고 가슴을 열면 가능할까요. 손에 닿을 수 없기에 안타까워서 더욱 아름답습니다. 이 몸이 숲 속 안에 있기 때문에 숲의 진면목을 모릅니다. 숲 밖 길가에서 서성입니다.

지금의 저의 모습 또한 '흘러가는 세월' 위에 그대로 반영反影되겠지요. 반영反影은 대비의 모습! 서로 닮아가고 있습니다. 아니 닮았습니다. 제 자신의 진정한 모습과 영성도 사진으로 찍을 수만 있다면, 사진 명상은 바로 삼매에 들게 될 것 같습니다.

역광을 받으니 숙연함이 자연 앞에서 저절로 생깁니다. 꼭 똥폼을 잡아야 제대로 빛을 담을 수 있는 것인가요. 군에서 총 많이 잡아 보았나 봅니다.

직접으로 반영되는 빛보다 때론 역광이 더 아름답기도 합니다. 우리네 눈도 언제나 밝게 비친 것만 보려 하지 않는다면, 더 아름다운 것을 볼 수 있을지도 모릅니다. 어둠의 존재 자체가 빛을 깨닫게 합니다. 어머니의 자궁은 어둡습니다. 하지만 보석은 늘 어둠으로부터 생성됩니다.

사진은 '빛의 미학, 순간 포착의 미학, 기다림의 미학, 인연법의 미학'이라고들 합니다. 하지만 사진이 제아무리 아름다운 빛을 담아내어도, 그 사진에 담겨 있는 빛은 실제의 빛이 아니라 현상되어 나온 빛의 반사체일 뿐이기에, 빛은 사진에 절대 담기지 않을뿐더러 담겨 있을 존재가 아닙니다.

우주에 편재된 빛은 현상된 그 사진의 빛과 동일한 빛으로 머물 리 없습니다. 빛의 그 어느 한 줄기도 우리의 인식에 갇히는 것이 아닌 잠시 머물 뿐이지요. 태양을 담고 있지만, 그 안에 태양은 없습니다. 고로 사진은 '빛의 미학'이라기보다는 '현상의 미학'이라 말하고 싶습니다. 그 '현상의 미학'은 동시에 그 빛을 사진으로 보는 자와의 대화이기에 '소통의 미학, 공유의 미학'이기도 합니다.

현상을 그려냄으로써 진정한 빛을 가늠할 수 있다면, 그 현상을 통해 실체와 본성을 보는 눈이 길러집니다. 현상의 아름다움으로 인해 실존이 보일 수만 있다면, 사진도 사진의 역할을 충분히 하고 있음입니다.

사진은 정지된 시간의 포착이 아니라, 매 순간 연결되어 흐르는 찰나刹那의 시간을 담아내는 시도이기도 합니다. 우리의 마음 또한 찰나의 순간에 머물 뿐임에도, 영원한 것인 양 잡고서 놓으려 하지 않지요. 잡는다고 잡히지도 않으며, 놓는다고 놓아지는 것도 아닌데 말입니다.

렌즈(Lens)의 눈은 사람의 눈과는 달리 있는 그대로 담아옵니다. 혹자는

그래서 두렵다고 합니다.

두려우면 눈을 감게 됩니다. 두려우면 갇혀버립니다. 두려우면 놓쳐버립니다. 두려우면 잃어버립니다. 두려우면 떨게 됩니다.

떨게 되면 아름답고 감동 어린 정교한 사진을 있는 그대로 담아 찍을 수가 없습니다. 있는 그대로 여여如如히 존재하는 그대는 전혀 두려워할 이유가 없겠지요.

여유란 특별히 만드는 것이 아닙니다

기차선로를 따라 가을이 달리고 있습니다. 빠르게 달리면 보이지 않습니다. 보이더라도 제대로 볼 수가 없지요. 그렇게 세월은 빠르게 흐르기에 눈에 보이지 않는 것입니다. 잠시의 멈춤과 느림이 필요한 이유입니다.

잠시 멈춰 서서 쉬어 갈 여유는 스스로 만들 수 있습니다. 내가 움직이고 스쳐 지나갈 뿐입니다. 세월은 그렇게 나와 함께 열차에 몸을 싣고 달리고 있습니다. 달리는 열차 안에서 바라본 하늘과 외부세계는 그저 그러하게 제 모습으로 존재하고 있습니다. 하지만 내 마음속에 함께 달리고 있는 아상我相이라는 짐을 내려놓기란 그리 쉬운 일은 아니겠지요. 마음의 변화와 작용이 너무 빠르게 흐르고 있기 때문에 내려놓을 여유의 시간이 없기 때문입니다. 마음 작용의 멈춤으로 아상을 내려놓을 수 있는 정차停車의 시간을 스스로에게 주어야 합니다. 잠시의 멈춤과 느림이 필요한 이유입니다.

범종에 새겨진 비천상의 무늬는 자연의 화백이 아로새긴 것이 분명합니다. 그렇지 않고서야 이런 비천하는 기개를 인간의 손끝으로는 표현할 수는 없었을 겁니다. 늘 앞만 보고 달려가는 우리네 인생이지만, 고개를 들어 하루에 한 번만이라도 '하늘 보기' 하면서 눈과 가슴을 열어 봅니다.

'여유'란 특별히 달리 만드는 것이 아닙니다. 앞만 보고 달리는 힘든 삶 속에서 하늘을 잠시라도 올려다보며 일단 입이 찢어지게 여유롭게 웃어 봅니다. 여유는 웃는 미소로부터 시작됩니다. 여유로워서 웃는 미소를 짓는 것이 아니라, 웃는 미소를 지으니 여유로워지는 겁니다.

밤에는 야간 산책 대신 독서 산책을 나섭니다. 탁상 등을 켜니 노란 불빛이 예쁘게 책 위에 펼쳐집니다. 책을 읽는 분위기가 더욱 좋아집니다. 사랑하는 이의 손을 잡고 왈츠를 추고 싶듯, 마냥 책을 잡고 읽고 싶어집니다.

책을 읽는 시간만큼 여유로운 밤은 없습니다. 사소한 일에 매달리다 보면 큰일을 망치는 경우가 있기에 다들 사소한 것에 연연해 하지 말라 합니다. 하지만 저는 이런 사소한 것들에 목숨을 겁니다.

인도 우체국 소인이 찍힌 아들로부터 부쳐진 빛바랜 편지가 2개월이 지난 오늘에서야 수취 되었습니다. 지난여름 한 달간 아들과 함께 인도 배낭여행을 했는데, 아마도 여행 중 우체국에 들러 보낸 모양입니다.

요즘 같은 이메일과 SNS의 시대에 그것도 N세대인 아들로부터 갱지에 쓰인 손편지를 받아본다는 것은 추억으로의 회귀로 인해 저의 오후의 태양은 잠시 멈추었습니다.

손편지는 사람의 냄새가 납니다. 훈훈한 정이 서려 있습니다. 마지막 희망은 '사람'입니다. 하지만 '사람의 마음'은 퇴색하기도 하고 변하기에 상처만 남깁니다. 저도 그대에게 온기 어린 손편지를 띄우고 싶습니다.

전자책과 인터넷 등으로 책을 사서 읽는 이가 줄어 영세출판사들이 부도가 나는 전자 만능시절에 한 통의 손편지는 제 가슴을 짠하게 합니다. 하지만 이것 또한 곧 지나가겠지요. 치열한 현실 모드는 어쩔 수 없는 애달픔입니다.

세상의 모든 것들이 살아서 안부를 나눕니다.

때로는 안부를 물어오는 사람과 안부를 물을 수 있는 사람이 어딘가 있다는 게 얼마나 행복한 일인지요. 이 세상에 함께 할 수 있다는 것만으로도 얼마나 감사하고 행복한 일인지요. 그저 함께 있어주는 것만으로도 위안이 되는 사람이 있다는 것이 얼마나 행복한 일인지요.

전할 수 있는 안부의 말을 몰라서, 전할 수 있는 안부의 말은 있어도, 안부를 전해 받을 사람이 세상에 없어서 그저 눈물만 흘리고 있어도, 그리 그리워하고 생각 할 수 있는 사람이 내 마음속에 존재한다는 것만으로도 얼마나 행복한 일인지요.

일일이 묻지 않아도, 일일이 답하지 않아도 언제나 멀리서나마 바라보고 있음을 알기에 저는 이미 안부를 전해 받고 있습니다. 나도 살아서 그리운 이들에게 그저 바라봄 만이지만 언제나 그렇게 안부를 묻고 싶습니다. 그저 바라볼 수만 있어도 참 행복한 일입니다.

아들 녀석이 군에 가려고, 학교를 휴학하고 아르바이트를 그만두고, 자격증 하나라도 더 받아 놓고 가려고 입대 전임에도 시험 준비를 합니다. 제 꿈을 맘껏 펼쳐 보지도 못하고 보내는 것만 같아 가슴 한쪽이 늘 빚으로 남습니다.

아비는 아들에게 늘 빚진 자이기에 그저 멀리서나마 바라보며 그의 안위를 염려하고 있을 뿐입니다. 중 3 이후로 아비의 방랑벽에 외로웠을 녀석의 영혼을 위로해 줄 수 있는 것은 그 무엇도 없습니다. 그 무엇으로도 채워지지 않을 것입니다.

입대 전 안부 문안하러 못난 아비를 보러 지리산에 오겠다 합니다. 사내의 마음으로 소주 한 잔 사주는 것 외에는 스스로 성숙해버린 아들에게 해줄 수 있는 것이 아무것도 없음이 가슴 한편이 못내 시립니다. 아련한 인연법입니다.

지천명이 지난 나이에 들어서야 저는 이제야 참으로 이기적인 저 자신을 돌아봅니다. 저 자신의 삶의 목표를 위해 홀로 지리산 깊은 산골에 들어와 지내는 수행적 은둔의 삶도 결국은 철저한 이기주의였음을...

가을 산책 9

게 서거라, 가을아!

"게 서거라, 가을아!" 라고 불러 보지만, 서라고 설 놈도 아닙니다. 은행털이범이 은행을 버리고 사라졌나 봅니다. 그래도 뒷모습은 보았으니 잡지 못해도 아쉬움만은 남겨 놓았습니다.

가을이 한 움큼 머무르고 있습니다. 빛도 그 자리에 함께 내려앉았습니다. 어둠의 그림자는 더욱 선명히 안주하고 있습니다. 렌즈도 부끄러워 눈이 부시다 하네요. 그렇게 세월이 머뭅니다.

낙엽이 흩뿌리는 10월의 마지막 날! 삼천포로 빠지는 것도 그리 나쁜 것만은 아닙니다. 가을 전어가 기다리고 있으니 말입니다. 집 나간 며느리도 돌아온답니다. 의자에 함께 앉아 소소한 담소라도 나눌 수 있는 그대가 있었으면 참 좋겠습니다.

의자는 누군가가 앉아 주기를 기다리고 있습니다. 앉으려고 보니 쏟아지

는 가을 햇살과 그림자가 먼저 자리를 차지하고 앉았습니다. 슬그머니 제 마음도 옆에 앉아 봅니다. 햇살이 내 어깨에 찝찝하게 얹혀 있던 묵은 곰팡이를 말끔히 말려주었습니다.

의자의 빈자리는 그리운 사람을 부릅니다. 그런데 저는 잠시 앉을 내 마음의 여유가 없었나 봅니다. 의자와 정자는 게으른 산책 중에 잠시 멈추어 쉬어가라는 유혹입니다. 사색에 잠긴다는 것, 그리 쉬운 것만은 아니겠지만, 입정이 아니 된다면 잠시 좌정하여 바라만 보는 것도 괜찮은 일이겠지요.

가을볕과 바람이 텅 빈 가슴에 머뭅니다. 은행잎이 자유로이 날고 있습니다. 떨어지는 은행잎처럼 놓으면 되는 일을, 덜 익은 나는 전선에 걸린 황혼처럼 놓지 못하고 있습니다.

땅에 떨어져 제 몸이 썩어야 잘 익은 밑거름이 되듯, 수많은 생명을 키우는 새 생명이 되는 것을 두려워하지 말고, 기쁨으로 받아들여야겠지요.

황혼의 길이 노랗게 물들었습니다. 새 생명이 되는 것은 죽음으로써 가능한 일이고, 죽음은 사라짐이 아니라 새로이 거듭나는 것이겠지만, 가슴이 짠해져 옵니다. 감정과 정서가 살아 움직인다는 것은 아직 우리네 삶이 살아갈 만한 것이라는 것을 증명하는 것이겠지요.

가을, 황혼이라는 인생의 빛을 머금습니다. 가을을 실은 하얀 맑은소리가 가슴에 뭉클 터치하고 지나가는 듯한 시원하고 가벼운 산들바람이 되어 불어옵니다. 가을빛이 완연한 저 길을 따라 마음의 여행을 떠나봅니다.

노란색은 유치원 아이들의 색이지요. 제 마음을 마냥 들뜨게 합니다.

저리도 밝고 명확한 노면표지 차선처럼, 제 마음의 여행에도 안내 표지선이 그려져 있다면, 비틀거리며 옆길로 새거나 방황하고 헤맬 일은 없겠지요.

택시기사님!

재 넘어 어디로 그리 급히 가시나요? 저를 버릴 수 있는 곳으로 저를 데려다 주세요. 직진하지 말고 스스로의 나로 존재했던 곳으로 유턴해 주세요. 총알택시처럼 속도를 내어서는 유턴할 수 없겠지요. 천천히 나를 찾을 수 있는 곳으로 가주세요. 그저 그렇게 저랑 느리게 동반해 주시기만 하면 택시비 두 배 드릴게요.

냇가 개울 옆에서는 푸른 잡초들이 가을을 맞아 밑동부터 서서히 붉게 물들고 있습니다.

절대 서두르지 않네요. 마음 여행은 영혼의 재발견이며, 휴식과 재충전이 됩니다.

가을 산책 10

비움의 행복

지리산 '하늘 아래 첫 동네'에 고랭지 특유의 꿀 사과가 익고 있습니다. 사과나무가 스스로 맺은 열매를 놓지 않으면 그것은 집착입니다. 놓지 않으면 썩어버립니다. 놓아야만 새로운 열매를 맺을 수 있습니다.

놓음과 비움은 새롭고 완전한 채움을 위한 자기완성입니다. 덜 익은 놈이 놓지 않습니다.

현 시대는 채울수록 공허하고 불안한 사람들로 몸살을 앓고 있습니다. 우리는 충분히 가지고 있으면서도 언제나 부족한 것 같고, 가만히 있어서는 안 될 것 같아 자꾸 채워야만 하고, 그것이 불안으로 여겨지며, 뭔가 더 많이 가져야 한다는 강박관념으로 스트레스만 늘고 있습니다. '스트레스를 없애야지' 하는 스트레스를 받고 있습니다. 비어 있는 시간은 의미 없게 느껴 무언가를 하지 않으면 안 된다는 생각으로 몸과 마음에 잠시의 휴식마저 허락하지 않고 바쁘게 앞으로 내달리기만 하면서 살고 있습니다.

끊임없이 채우면 채울수록 만족은 점점 줄어들고, 누군가와 비교하며 상대적 박탈감으로 이어집니다. 풍요의 시대에 살면서도 행복을 느낄 수 없는 우리에게 '비움'이 절실한 이유입니다.

비움은 그런 삶의 매 순간을 구석구석 느끼기 위한 현시대의 치유를 위한 적극적 선택일지도 모릅니다. 충만한 행복을 위해서는 세상에 대한 탐욕을 내려놓고 내면의 마음을 살찌게 하여야 합니다. 갈증만 더해지는 외면의 채움에서 내면의 충만으로 향하는 비움의 삶은 인생을 보다 의미 있는 것들로 채워줄 것입니다. 잠시의 비움이 필요합니다.

사회적으로 성공하고 물질적으로도 풍요로운 한 사업가가 명상원을 찾았습니다. 어느 것 하나 모자랄 것 없어 보이는 그였지만, 기대에 못 미치는 자식들과 아내에 대한 불만으로 스트레스를 받던 차였습니다. 항상 체한 듯 소화불량에 시달린다는 호소를 하는 그에게 며칠 머물기를 권했습니다. 명상원에 있는 동안에는 휴대폰 사용도 자제하면서 명상과 호흡을 하며 사회에서의 모든 일과 관계를 비우기로 했습니다.

몸의 독소와 찌꺼기를 비우기 위해 생수와 죽염만으로 보낸 3일이 지나자, 그는 자신을 짓누르던 무게가 한결 가벼워짐을 느꼈습니다. 채우기만 하던 몸에 비움이라는 단식이 오히려 몸을 맑고 상쾌하게 한다는 것을 체험하는 순간이었습니다.

이어서 완전한 삶을 만들려 한 그의 채움에 대한 욕구가 결국 자신뿐만 아니라, 가족에게도 스트레스가 되었다는 것을 명상을 통해 알게 되었습니다. 애착을 비우는 순간 마음의 평온을 얻게 된 그는 행복한 삶을 꿈꾸며 집으로 돌아갔습니다.

버릴수록, 놓을수록, 비울수록 채워집니다. 수묵화의 백미가 여백에 있듯 우리 마음에도 여백이 필요합니다. 더 나아가 인생에도 여백이 필요합니다. 상처 입은 마음에 휴식을 주고 다시 일어설 수 있도록 하는 힘의 원천이 바로 비움입니다.

물질을 비우라는 말이 아닙니다. 내면에 잠재된 탐욕과 아집, 아상을 비우라는 말이지요. 이것들을 비울수록 마음과 영혼은 평안과 평정심으로 살이 찝니다. 채운다고 채워질 마음이 아닙니다. 오히려 버릴수록, 놓을수록, 비울수록 고민과 갈증이 사라지고 마음은 희열로 채워집니다.

몸도 마찬가지이지입니다. 너무 많이 먹어서 독소가 찌꺼기로 남아 지방질로 가득한 비만과 산성화된 체질을 바꾸려면 먼저 잘 비워야 하고, 그다음 잘 채워야 합니다. 채우기 위해서는 먼저 비워야 하지요.

사소한 일상에서 행복을 찾습니다. 비움의 삶은 어느 누구의 삶도 특별하지 않다는 것을 깨닫는 순간부터 시작합니다. 누구나 슬픔과 기쁨, 행복과 불행이 얽힌 일상을 살아갑니다. 가장 크고 중요하다고 생각하는 돈, 명예, 권력, 그 어느 것도 완전한 행복을 주지는 않습니다. 행복을 위해 저 멀리 무언가를 갈구하고 쫓아가는 대신 나를 행복하고 즐겁게 만드는 작은 사소한 일을 찾아보는 것이 훨씬 현명합니다. 그동안에는 무심하게 지나쳤을 지금의 주변에 관심을 갖다 보면, 낙서가 적힌 담벼락, 낮잠을 자는 개, 다닥다닥 붙어 있는 가겟집과 골목 등이 정감 있게 다가와 마음이 풍요로워집니다. 사소한 일상에 관심을 가지는 것만으로도 행복을 누릴 수 있습니다.

만약 갈구하고 집착하는 대상이 있다면 그것이 바로 비워야 할 대상입니다. 마음을 비우는 방법은 대상을 '있는 그대로' 알아차리는 것입니다. '좋

다, 나쁘다, 있다, 없다, 행복하다, 불행하다'라는 생각을 버리고 그저 바라만 보는 것, 그제야 비로소 애착과 탐욕은 사라지고 순수한 텅 빈 충만을 느낄 수 있게 됩니다. 욕심이 나던 것도 가만히 바라보면 꼭 필요한 것도 가져야 할 것도 아니기 때문이지요.

잡다한 생각 자체를 차단하는 것도 도움이 됩니다. 잠시 5분이라도 눈을 감고 천천히 심호흡에만 집중해봅니다. 육신에 대한 집착도, 물질에 대한 욕심도, 나를 짓누르고 있는 생각도 텅 비워봅니다. 채움의 행복은 끊임없는 갈망과 이어지지만, 비움의 행복은 평온한 상태를 유지할 수 있는 내면의 힘이 됩니다.

'놓는다는 생각'도 놓아버리고, '버린다는 생각'도 버려버리고, '비운다는 생각'도 비워버리면 비움 속 진정한 채움을 마주할 수 있습니다.

더 많이 가지기 위해, 더 많이 이루기 위해 안달하고 속상해하면서 살지는 말아야겠습니다. 그 시간에 더 많은 기쁨을 느끼고 더 큰 행복을 느껴야겠습니다. 떨어진 낙엽을 보며 "덜 익은 놈이 놓지 않는다. 완전한 비움은 진정한 채움이 된다."라고 하였더니, 어느 스님께서 뭐 그리 길게 내뱉을 필요가 있겠느냐며 던지신 일갈은 "비움=채움"이라 십니다. 그리도 간결한 것을 나는 사족만 달았나 봅니다. 완전한 비움 속에 진정한 채움이 있습니다.

폭우가 내리니 밤송이가 떨어집니다. 실하게도 익었습니다. 스스로 떨어지는 것이 아니라, 폭우에 맞아 떨어지면 아픔이 더 크겠지요.

가을 나뭇잎들은 스스로 그 잎을 내려놓아야만 겨울을 날 수 있고 봄을 만날 수 있습니다.

사람도 누구나 에고를 스스로 내려놓으면 성자가 될 수 있지만, 애착과 미련으로 인해 쉽게 잘 내려놓지 못하네요.

가을이 그렇게 젖고 있습니다.

가을 산책 11

늘 밝은 자는 그렇습니다

달이 찰 때와 기울 때에 따라 충만함과 허전함으로, 밝음과 어둠으로 느껴지듯, 우리의 마음 또한 그러합니다. 우리는 언제나 달의 밝은 면만 보고 있지요.

달은 우리에게 어두운 면을 보여주지 않습니다. 우리의 마음도 남에게 어두운 면을 보여주지 않으려 합니다. 하지만 칠흑같이 어두운 그믐 때에도 달은 단지 우리의 눈에 보이지 않을 뿐 밝음 그대로 존재하듯이, 어두운 마음 또한 보여주지 않는다고 해서 사라진 것은 아닙니다.

누구나 저마다의 어두운 면을 갖고 있지만, 밝은 면만 보여 주려 하고 어두운 면은 남에게 보여주지 않으려 합니다. 달처럼 구름에 가린 어두운 면이 작아지면 작아질수록 밝은 면이 더 드러나 보이듯, 마음의 어두운 면을 적게 하면 적게 할수록 내 마음의 밝은 면은 더 돋보이게 드러납니다.

늘 밝은 자는 그렇습니다. 어두운 면이 없어서가 아니라 밝은 면을 좀 더 드러낼 뿐이지요. 아침에 게으른 산책을 나서며 옷깃을 여미었습니다. 지난밤 서리가 내린 걸 보니 겨울 채비를 단단히 해야겠습니다. 늦가을에 아주 되게 내리는 서리를 된서리라 합니다.

들꽃과 들풀들과 나무들은 꼼짝하지도 못하고, 그저 그 자리에서 피하지도 못하고 된서리를 맞습니다. 그 어느 누구 하나 된서리를 피할 길은 없지요.

하지만 그 된서리는 다음 봄을 준비하는 모든 자연의 인고와 수용과 겸허의 미덕입니다. 인고의 세월을 견디기 위해 산골 마을도 그렇게 몸을 움츠리고 있습니다. 그래도 의연히 제 멋을 뽐내고 있습니다.

비상하는 하야로비가 발길을 잡습니다. 제 몸과 마음은 너무도 검고 무거워 날지를 못하나 봅니다. 호수는 고요한 것 같지만, 표면에는 잔물결이 쉼 없이 일고 있습니다. 번뇌와 미망과 탐욕도 그와 같아 끊임없이 일어납니다.

잔물결도 없는 호수의 표면이어야 사물이 제대로 반영되듯이 파문이 일지 않는 고요한 마음에 있는 그대로의 자신의 모습을 비춰볼 수 있습니다.

참나(진아)를 자각하기 위해 잔물결마저 없는 호수의 표면처럼 마음의 작용을 고요히 잠재웁니다. 완연한 가을 색이 명경지수가 되어 제 마음을 정화시킵니다. 마음에 끊임없이 일어나는 부정적 사념을 비우고 텅 빈 충만으로 채웁니다. 이제 텅 비웠으니 비상해도 되겠지요.

햇살 가득한 따사로움이 함께 깃들어 가만히 거닐다. "뒷모습도 아름답습니다. 당신의 숨겨진 뒷모습에도 사람의 향기가 납니다." 라는 말을 듣고 싶습니다. 뒷모습에도 향기가 나는 그런 이가 그립습니다. 뒷모습이 아름다운 이가 그립습니다. 돌아서 걸어가는 뒷모습이 아름다운 이, 저는 그런 사람이 참 좋습니다. 뒷모습이 아름다운 이가 진정 향기로운 사람이기 때문입니다. 나의 뒤를 보여준다는 것, 나의 치부와 부끄럼이 없음을 보여주는 당당함입니다.

저도 저의 뒷모습이 보고 싶습니다. 눈이 눈 스스로를 돌아보지 못하듯, 내가 나를 돌아보지 못하니 향기라도 맡을 수 있다면 좋으련만, 사진을 찍고 있는 제 뒷모습에선 풍경이 뿜어내는 향기와는 달리 그다지 향기가 나지 않음에 다시 저를 돌아볼 일입니다.

삶의 뒤안길에서 국화 옆에서의 누님처럼 앞 얼굴이나마 거울에 들여다보는 여유라도 있으면 좋겠습니다.

늘 밝은 모습은 아닐지라도 눈으로는 돌아볼 수 없는 내 뒷모습이기에 심상으로나마 나를 바라보려 합니다.

산골에 사는 낙이란

차 다茶를 자세히 보니 나무와 풀과 산과 사람이 있습니다. 사람과 자연이 함께 조화롭게 깃든 것이 차茶이니, 이 아니 향기롭지 아니한가.

차 끓이는 소리가 솔 나무 숲 속을 거닐며 솔잎을 밟는 소리라고 차인들은 말하지만, 일어나는 내 마음의 들끓는 분심忿心을 우려내어 비우는 일입니다.

저도 그대를 우려내는 찻물이 되고 싶습니다. 그대의 깊은 내면의 향을 우려내는 그렇게 뜨거운 찻물이 되고 싶습니다. 그렇게 어우러져 향기로운 차향으로 승화되어 동행하고 싶습니다.

커피 한 잔이든, 차 한 잔이든 아름다움을 넣어 끓인 차는 그 마음마저 함께 끽다喫茶합니다. 차양을 친 천막 그늘 밑에서의 차 한 잔의 여유가 그립습니다.

사람 사는 즐거움 중에 벗과 차 한 잔 하는 것만큼 더 큰 기쁨은 없습니다. 세상의 어지러움을 끓여 차 한 잔을 마십니다. 다선일미茶禪一味! 그 맛의 끝에서는 찻잔마저 깨뜨려야 합니다.

"끽다거喫茶去, 여보게, 차나 한잔 마시고 가게!"

차를 마시면서 정신을 맑게 하여 깨달음으로 가라는 의미일 것입니다. 어디서 와서, 어디로 가는가? 자신에게 돌아가 내면의 존재를 성찰하라는 화두입니다. 내면자증內面自證하기가 쉬운 일은 아니지요.

그 산중에서 무슨 재미로 사느냐고 물으신다면 개울물 길러다 차 달여 마시는 재미로 산다고 답합니다. 끽다喫茶엔 평온함이 먹물처럼 스며드는 아름다움이 있지요.

새벽과 오후, 그리고 저녁마다 바라보는 산골은 있는 그대로 눈이 시립니다. 구름은 무저갱으로 용트림하고, 논밭은 평온함의 녹색 빛으로 다가와 시간이 멈춘 듯 욕망마저 내려놓게 하는 지리산은 저보고 그저 말없이 살라 합니다.

세월이 하 수상타 하지만 그래도 아직은 산골 인심은 각박해지지 않았나 봅니다. 지리산 자연산 송이 1.5kg을 마을 어르신께 부탁해 놓았더니 상품上品 외에 나머지 하품下品은 푹 고아서 몸보신 하라시며 따로 챙겨 주시네요. 고마움에 마당에 말리고 있던 토란, 고추, 제피를 보답으로 샀습니다. 업은 남겨서는 안 되니 말입니다. 서로 주고받는 인정이 그렇습니다.

지리산 산골 마을에서는 송이를 굽지 않습니다. 고기만 따로 굽고 송이는 그냥 찢어서 참기름에 찍어 먹습니다. 그래야 솔 내음이 가시지 않지요.

산골에 사는 낙이란 것이 조촐합니다. 낮술로 솔방울 술이 더해지니 우화등선羽化登仙이 따로 없습니다.

飄飄乎如遺世獨立 羽化而登仙

"훌쩍 세상을 버리고 홀몸이 되어

날개를 달고 신선이 되어 하늘로 오르는 것만 같다."

– 소동파蘇東坡, 《적벽부赤壁賦》 중 〈전前적벽부〉

억새는 알싸한 늦가을 빛이 따사로운 가 봅니다. 우주의 소리에 억새는 온몸을 치켜드는 것으로 화답합니다. 하늘 바람에 춤추는 억새가 해질녘 빛을 받아 더욱 아름답네요.

늦가을엔 대부분의 꽃이 메말라가며 생의 마감을 준비하건만, 들판을 은빛 물결로 장식하는 억새는 생을 다하여 한창인 것을 보면, 늦가을은 그의 계절임이 틀림없네요.

가을 산책 13

마음의 독버섯

폭우가 그친 이른 아침, 제초하고 난 자리에 버섯이 그 기개를 자랑합니다. 비를 맞아 더욱 아름다워 보이네요. 폭우가 누군가에게는 피해가 되지만, 누군가에게는 자양분이 됩니다. 아마도 이곳 지리산은 가뭄의 피해가 없이 습도와 비가 적절해서 그랬는지, 다른 농사는 피해가 막심한데도 불구하고 올해는 송이버섯이 풍년입니다. 세상이 그렇습니다. 어느 한쪽이 잘되면 어느 한쪽은 잘 안 되는 것이지요.

모양새를 보니 기개가 너무도 넘쳐흐릅니다. 어느 녀석이 진정한 역발산의 기개세일까요? 가늘고 길게 살아가는 것보다 굵고 짧게 사는 것이 더 큰 역발산인지도 모를 일입니다.

집터 공사하시는 분들 힘내시라고 점심으로 한 접시 내었습니다. 가을 내음이 송이버섯과 함께 코를 찌릅니다. 상처 난 염장에 소금 뿌리는 말인지는 모르겠으나, 숟가락 하나 들고 옆자리에 슬그머니 끼어도 누구나 환영입니다.

가뭄이 심하면 송이버섯 구하기가 하늘의 별따기입니다. 올핸 풍년이니 임을 위해 별 따러 가는 일은 없겠습니다.

하지만 진돗개 아난다와의 산책길 주변에는 왜 그리도 독버섯이 많은지요? 녀석이 혀를 가져다 대려고 합니다. 화려한 유혹입니다. 그 독성이 그에겐 아름다움을 뿜어내는 원동력일지도 모릅니다. 독으로 독을 다스리듯, 독이 오히려 해가 되기보다는 약이 될 때도 있습니다. 반면에 좋다고 하는 것들도 과용하거나 부적절한 곳에 사용하면 오히려 독이 되지요.

꼭 푸름만이 생명의 발로이고 귀하고 아름다운 것만은 아닙니다. 음지에서도 자기의 색을 멋지게 드러낼 수 있지요. 음지를 지키는 생명이 있으니 양지의 생명도 존재케 되는 것이고요. 삼라만상 그 어느 것도 아름답지 않은 것은 없습니다.

하지만 독버섯일수록 더욱 아름다우니 현혹되어서는 아니 될 일이겠지요. 독버섯일수록 아름답다면 추한 나는 독하지 않은 건지, 아니면 맑고 순수한 걸까요. 나도 그 누군가에게 독버섯으로 자리 차지하고 있는 건 아닌지 삼갈 일입니다.

독버섯이라 생각하였던 녀석이 며칠이 지나 우산 모양으로 자라고 나니 갓버섯임을 알았습니다. 송이 과의 버섯으로 우산 모양이며, 갓의 겉면은 갈색이고 줄기는 속이 비어 있습니다. 어릴 때는 달걀 모양이나 자라면서 볼록하고 평평해집니다.

무지는 이렇게 사물을 제대로 바라볼 수 없게 만듭니다. 편견과 오해가 얼마나 황당한 결과를 초래하고 마음에 독이 되는지 버섯이 나에게 던져준

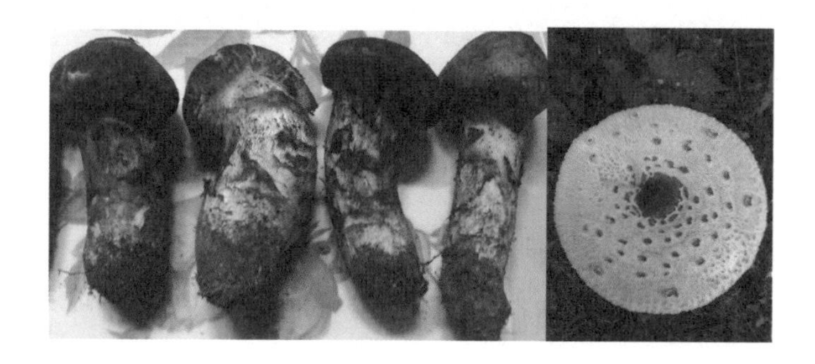

귀한 메시지입니다.

지천명의 세월을 지나고 보니 삶을 살면서 중요한 것은 어떤 사람을 만났고, 얼마나 기득권을 가졌고, 얼마나 이루어 놓은 것이 많으냐가 아니라, 그 모든 인연과의 마주침 속에서 저 자신 스스로 매 순간 얼마나 자주 깨어 있었든가 하는 것입니다.

순간적 깨어 있음이 아니라, 깨어 있음의 그 빈도수와 지속성의 지수가 내 삶의 백분율에서 얼마나 되는지가 더 중요하겠지요. 늘 깨어 있으라!

사랑과 행복을 위해 우리는 수많은 조건을 내걸지만, 그 조건이 오히려 걸림돌이 되기도 합니다. 무조건적이라는 것! 아마도 지금 바로 여기에서 있는 그대로 존재하고 있음인지도 모를 일입니다.

가벼운 깃털보다도 알량한 참을 수 없는 제 존재의 가벼움이기에 그것이 더 무겁습니다.

가을 산책 14

욕심만큼은 늙는 법이 없습니다

여행은 낯선 골목에서 문득 마주치는 내 안의 나를 만나는 일입니다. 세상을 어지럽게 만드는 것은 삶의 여행에서의 내 발자국입니다. 하수구는 원래 더럽지 않았습니다. 더러움을 버린 나 때문이었습니다.

지나가는 것을 잡지 말고, 그저 놓고, 세상 모든 것이 내 존재 위를 마음껏 스쳐 지나가게 한다면, 삶에 힘을 빼고 이완한다면, 내가 고요히 멈추어 있다면, 세상도 나를 흔들지 않습니다. 그저 일어나도록 내버려 두어야 합니다. 그저 흘러가게 놓아두어야 합니다. 자연은 숙연히 자신을 벗으며 놓고 드러낼 때를 압니다. 자연은 매년 비움을 거듭하며 우리 인간에게 아무것도 바라지 않고, 도움을 주고 새 생명을 잉태합니다.

우리도 그리하면 새로운 이로 거듭날 텐데 말입니다.

"나이가 들면 머리가 허옇게 되고, 이빨도 헐렁해지며, 눈과 귀도 제 노릇을 못하지만, 인간의 욕심만큼은 늙는 법이 없다."

– 빤짜딴뜨라(Pañcatantra)

욕심이란 놈이 철이 없어서 그런가요? 나이가 들면 그래도 철은 드는데, 욕심이 철이 들면 더 큰 욕심을 낼까 봐 그것을 저어합니다. 괴테(Goethe)는 '가장 위대한 예술은 자신을 통제하는 것'이라고 했습니다.

"해변에 깔린 조개껍데기를 모두 주울 수는 없다. 단지 몇 개만 주울 수 있을 뿐이다. 아니, 사실은 주운 조개껍데기의 수가 적을수록 그것들은 더 예뻐 보인다."

– 아인슈타인

과욕은 적음만 못한 것이지요. 인생의 어두운 터널에 갇혔을 때, 작은 구멍 하나에서 들어오는 한 줄기 빛으로도 희망을 품게 됩니다.

물고기는 물에서도 목이 마릅니다. 끊임없이 마시고 마셔도 갈증이 채워지지 않고 배부름도 모릅니다. 고사목은 차고 넘치는 물속에서도 목이 말라 죽습니다. 사람도 끊임없이 채워도 채워지지 않는 애욕의 갈증으로 자신을 목마르게 하고 스스로를 파괴합니다. 물속에서도 목이 마른 물고기는 계속 물을 마실 수밖에 없듯이, 차고 넘쳐도 언제나 허기진 욕심은 계속 탐욕을 먹고 살 수밖에 없습니다.

"큰 슬픔이 거센 강물처럼 네 삶에 밀려와 마음의 평화를 산산조각내고,

가장 소중한 것들을 네 눈에서 영원히 앗아갈 때면, 네 가슴에 대고 말하라. 이것 또한 지나가리라."

– '이것 또한 지나가리라' 중에서

하지만 저는 그와 반대로 부와 권력과 걱정 없는 안위와 세속적 쾌락의 날들과 애욕의 기쁨들이 차고 넘칠 때에도 스스로에게 말합니다.

'이것 또한 지나가리라.'

사람의 마음을 얻는 것보다 어려운 일은 없습니다. 사람의 마음을 떠나보내는 것은 더욱 어렵습니다. 소유하려는 집착만 놓으면 될 일입니다. 하지만 애착과 탐욕이 걸림돌이지요.

그저 흘러들어오고 나가는 흐르는 물처럼 가는 이 잡지 않고, 오는 이 막지 않아야 할 일입니다. 그저 흐르는 대로 놓아두는 것, 잡지 않는 것, 떠나보내는 것이지요.

가을 산책 15

화엽불상견 花葉不相見!

꽃무릇이 담벼락에 묘하게도 한 송이만 만개하고 옆의 녀석들은 개화하지 않고 있습니다. 아마도 만개한 녀석에게서 잎이 피는 것을 보려고 인내로 기다리고 있음입니다.

봄에 잎이 피었다가 6~7월에 말라버리고 난 후, 7~8월에 꽃이 피는 약간의 보랏빛 기운이 감도는 연한 분홍색의 상사화와는 달리, 꽃무릇은 9월에 붉은 꽃이 필 때는 잎이 없고 꽃이 지고 나서야 잎이 돋아납니다.

한 몸이면서도 꽃과 잎이 서로 만나지 못하고 진한 그리움만 삭이는 셈이지요. 그래서 사람들은 꽃무릇을 상사화相思花와 혼동합니다.

화엽불상견花葉不相見! 그리움의 인연법이란 그런 가 봅니다.

난꽃이 상큼하게 핀 우체국 가는 일에 마주친 사마귀가 무슨 연유인지 힘을 쓰고 있습니다. 나뭇가지가 휜 걸 보니 당랑권의 대가임이 틀림없습니다. 오늘은 이 녀석이 강호를 접수하고 금분세수식金盆洗手式 하려 합니다. 하지만 결국 일일천하임을 그는 이미 알고 있습니다. 한쪽에선 꽃무릇이 시들기 시작하는데 사마귀는 체력단련 중이니 호시절도 각자 다르게 다가오는 가 봅니다.

점점 말라가는 녀석들을 바라보며 계절이 바뀌어 감을 실감합니다. 어스름 가을 저녁, 가을바람이 소스라치게 방금 감은 머리카락 사이와 온 모공으로 스며드는 날입니다. 산책을 마치고 어스름한 저녁이 되니 가을빛이 더욱 그립습니다. 가을 어둠이 이불을 덮고 있습니다.

가로등의 빛은 보이나 전기는 볼 수가 없습니다. 하지만 볼 수 없다고 존재하지 않는 것은 아닙니다. 사람의 존재도 그렇습니다. 나를 찾는 일이란 눈으로는 볼 수 없는 나를 찾는 일입니다. 또 다른 나, 그가 바로 너입니다. 무슨 생각에 잠긴 걸까요. 그저 하염없이 먼발치에 시선을 놓고 앉아 있어 본적이 그 얼마나 되었던가요.

기억하고 있으면 느껴지는 그런 존재가 있습니다. 가만히 기억에 머물러 주기만 하여도 외롭지 않습니다. 타他를 통해 나의 정체성을 확인하는 일, 결코 헛헛함만은 아닙니다. 참을 수 없는 존재의 가벼움일지라도 존재성은 언제나 따스합니다.

솟대의 새가 따뜻한 사랑의 눈빛을 주워담으려 서로 마주 보고 앉아 있습니다. 서로의 눈을 바라보며 대화해 본 적이 그 얼마나 되었던가요. 그저 지그시 바라만 보아도 가슴이 따스한 이가 그립습니다.

"바람이 분다. 바람이 불지 않는다. 그래도 살아야겠다."

그런 모든 것들을 바로 지금 여기에서 바라보고 있다는 것만으로도 내가 살아가고 있음입니다. 그렇게 그대를 늘 바라보고 있습니다. 가까이서 본다고 더 잘 보이는 건 아니더라고요.

군중 속의 고독은 누구나 동반하며 걸어갑니다. 때로는 고독이 위로를 주기도 합니다. 다만 내 영혼의 무게를 느끼게 될 뿐이지요. 고독 속에서는 바다의 등대처럼 부동不動의 원동자原動者(apeiron)가 됩니다. 스스로 그러하게自然 존재하며 그냥 그 자리에 머뭅니다. 바람의 속성처럼 흔적도 머묾도 갖지 않으면 고독도 즐길 수 있지 않을까요.

삶의 등대가 필요합니다. 부동의 원동자로 존재하는 등대를 이길 배는 없는 것인가요. 돌아가 쉴 곳이 있다는 것은 정박의 아름다움과 여유로움입니다. 또한, 돌아가 쉴 곳이 있다는 것은 또 다른 여정을 부른다는 것이기도 합니다. 포구는 그래서 정답습니다. 여행은 그렇게 가고 오는 것입니다. 귀의할 곳이 있어야 여행입니다. 돌아갈 곳이 없다면 그것은 타향살이이지요. 정박은 또 다른 섬이 됩니다.

주전자의 물이 끓어 줄어들면 공간이 점점 더 생기듯, 들끓는 애욕을 비워 작은 마음이나마 비워두고 싶습니다. 비록 작은 마음에나마 그가 머물 수 있는 자리를 만들고 싶습니다. 하지만 제 마음은 끊임없이 들끓는 욕심으로 가득 차서 그 사람만을 담기에도 벅찹니다. 욕심 많은 나로 인해 작은 마음자리 하나 내어주지 못하는 내 마음을 자꾸 작게 만드는 그가 있습니다.

공간과 공간의 이동 사이에 바람이 일어납니다. 내 마음의 공간에 그대의 마음 공간이 이동되었기에 사랑의 감정이 부나 봅니다. 고운 단풍잎을 한 곳으로 모으는 것도, 또 어딘지 모를 곳으로 흩어버리는 것도 가슴 시린 사랑 때문입니다.

옷깃 잘 여미소서!

겨울산책

느리게 그리고 음미하며

아주 크고 우묵한 가마솥이

서서히 달궈지듯, 영혼의 가마솥에도

서서히 달아오를 뜸감이 필요합니다.

겨울 산책 1

시린 따뜻함

참 시리네요. 그래도 그 시림이 푸름을 감싸 안고 있습니다. 아니 어쩌면 시림이 푸름을 길러내고 있는지도 모르는 일입니다. 길러내기 위한 몸부림으로 얼음 속 생명의 숨결을 느끼듯, 시린 가슴 또한 그 누군가가 사랑과 포용으로 보듬고 있을 것입니다.

고통도 아픔도 시린 따뜻함입니다. 내 마음 한 편의 빛바랜 추억에도 시린 따뜻함이 묻어 있습니다.

장작을 패 겨울 준비를 해 놓았습니다. 아무리 따뜻하고 편한 좋은 곳에 살아도 겨울은 누구에게나, 어디에나 공평히 오지요. 안방 아랫목까지 무단 침입해, 온 살을 찌르는 겨울 나그네이지만, 아침부터 비닐 방풍으로 창을 막고 불을 지펴 그를 다시 고이 돌려보내는 일이

겨울 산골생활의 가장 큰 손님맞이입니다.

상대편에게 이미 애인이 있는데도 불구하고 돌진하는 이들은 말합니다.

"골키퍼 있다고 공 안 들어가는 건 아니잖아요."

하지만 공 들어간다고 골키퍼 바뀌는 건 아닙니다. 겨울 손님이 들어 왔다고 주인이 바뀌는 건 아니지요.

아궁이에서는 고구마가 익고 있습니다. 이미 장작에서 넉넉한 정이 활활 타오르고 있습니다. 나는 단 한 번만이라도 장작처럼 나를 오랜 시간 태워 그 누군가에게 뜨거운 사람이 되어 보았는지 돌아봅니다. 곡차 한 잔과 얼큰한 국물 안주가 있으면 세상 부럽지 않을 손끝 시린 날입니다. 국물이 걸쭉한 곡차 안주는 장작불로 가마솥에 오래 고와 내야 제맛이 납니다.

까치 한 마리가 감나무에 앉았다 떠납니다. 저 또한 인생이란 곳에 잠시 머물다 불평 없이 떠나야 하는 손님임을 가르쳐주고 따스한 여운만을 남겨놓고 어디론가 날아갑니다. 산골 마을은 춥습니다. 하지만 시린 따뜻함이 배여 있습니다.

지리산은 봄, 여름, 가을만큼 호시절이 없습니다. 하지만 겨울이 되면 그 혹한에 살이 에입니다. 눈도 많이 내리고 삭풍朔風은 왜 그리도 세게 휘몰아치는지 옷깃을 여밀 수밖에 없습니다.

눈이 오는 풍경은 묵향이 사뭇 짙은 산수화를 방불케 하지만 아름다움 뒤엔 눈을 치워야 하는 막노동이 뒤따릅니다. 누가 눈이 아름답다 했는지요. 눈은 산골에선 아름다움보다는 막노동과 자연의 사역으로 각인됩니다.

차가 다녀야 하고, 사람이 다녀야 하지만 눈이 오면 모든 것이 고립되고 멈추기 때문입니다.

눈을 두고 보면서 즐기는 관상용觀賞用으로 놓아둘 수만은 없지요. 치우지 않을 수 없는 거지요. 결국, 마을의 품앗이가 시작됩니다. 이장님의 방송으

로 하나가 되어 땀을 흘립니다.

하지만 함께 그 무언가를 한다는 기쁨이 있습니다.

눈 치우는 일보다 견디기 곤란한 일은 물이 얼어버리는 일입니다. 땅이 얼어 땅속에 매장된 물 호스가 얼어버리면 봄이 되어 비가 내려 대지를 적셔 녹이지 않는 한, 동토는 그 굳은 의지를 풀려 하지 않습니다.

설거지도, 빨래도, 밥도 못 해먹는 것은 약소합니다. 문제는 수세식 변기의 물도 얼어버리니 웅덩이를 파고 용변을 볼 수밖에는 없습니다. 그런대로 시원해서 좋지만 가끔은 시려서 다리가 굳어 일어나지 못하는 경우도 있습니다. 결국, 마지막까지 얼지 않는 마을 공동우물에 가서 물을 길어 사용하게 되는데, 빨래하는 아낙네들과 인사도 나누고 마을의 돌아가는 소식을 즐겨 듣게 됩니다.

웃풍이 세다는 말이 실감 나는 방에선 아랫목은 뜨겁지만, 입김은 절로 납니다. 하지만 바닥은 따뜻하고 공기는 차게 지내는 것이 건강에 좋다는 것은 누구나 다 아는 사실이듯 자연스럽게 웃풍이 들어오는 산골의 방이 메마르고 건조하지 않아 정겹습니다.

혹한이 마음마저 춥게 하진 않습니다. 혹한이 이 지리산의 산골 마을에서는 시린 따뜻함입니다. 힘든 혹한의 산골 생활이지만, 메마르고 정이 없는 현대의 편리와 이기[利己]가 그보다 더 따뜻하지 못함을 절감합니다.

혹한의 산골생활엔 따뜻한 정겨움이 묻어 있습니다.

고립의 즐거움이 있습니다.

나무처럼만

나이테가 진하게 새겨져 있다는 것은 그만큼 혹독한 시련을 잘 견디었다는 훈장입니다.

중앙에서 주변으로 갈수록 나이테의 색이 옅어졌다는 것은 여유의 드러남이지요.

사람도 나이 들어 얼굴에 주름이 깊게 파였다는 것은 경륜과 연륜이 깊어졌다는 얘기입니다. 수많은 풍파를 인고의 세월로 견뎌왔음입니다. 그래서 더 큰 여유로움이 드러납니다.

매해 받아들이는 시련이지만 버림과 비움의 인고忍苦로 나무는 겨울을 맞고, 매해 익숙한 처음처럼 나무는 봄을 맞습니다. 비록 수백 년 된 나무일지라도 푸른 잎 하나에도 온 정성을 기울이며 과욕을 부리지 않습니다. 나무가 수백 년을 꽃피우고 묵묵히 인내로 살 수 있는 저력과 이력입니다.

수명을 다한 나무가 남기는 것은 사람을 이롭게 하는 땔감과 식물에 이로운 토양의 밑거름이 되는 것입니다. 새로운 생명을 위한 재충전이며 자기 희생적 사랑입니다. 나는 나의 삶을 마감하며 무엇으로 남을 것인가를 돌아봅니다. 살아서는 신선한 산소를 공급하던 나무처럼, 저도 살면서 그 누군가에게 신선한 삶의 활력소와 에너지원이 되어 본 적이 단 한 번이라도 있었는지 나무가 떨어뜨리는 낙엽을 보며 생의 무상함을 느낍니다.

떨어진 낙엽은 이미 나무가 아닙니다. 하지만 거름이 되어 다시 나무에 꽃 피울 순환 고리임을 생각하면 그저 무상함만은 아닌 가 봅니다. 다만 인간이 그리 볼 뿐, 나무는 언제나 그 자리에서 생과 사의 순환논증을 증명하고 있을 뿐입니다.

아름드리나무는 사람들의 손에 잘리어 가구가 되고, 울퉁불퉁 못생긴 나무는 천 년이 되어도 잘리지 않고 그 자리에 서 있습니다. 바보가 되는 것을 두려워 말라는 장자의 도道를 다시 생각해 봅니다. 잘린 고목을 바라보며 저를 돌아봅니다.

때로는 나무가 꽃보다 더 아름답습니다. 화려하지는 않지만 자기가 서야 할 자리에서 묵묵히 서 있는 의연함이 돋보이기 때문입니다. 부동의 원동자는 스스로 움직이지 않아도 다른 그 모든 것을 움직이는 자입니다. 나무는 한 자리에 서서 남의 일에 전혀 관여치 않고, 단순한 자신의 삶에 몰두합니다. 하지만 바람과 비가 친구가 되어 주고, 구름과 새들이 그에게 날아와 그를 즐겁게 합니다. 단순하게 흐르고 있다고 즐길 수 없는 삶이 아니지요.

나무 아래에서 제가 무슨 말을 하여도, 나무는 제가 한 말을 누구에게도 발설하지 않고, 바람으로 듣고 바람으로 흘려보내 버립니다. 보고도 못 본

척, 들어도 못 들은 척, 어디에건 외부로 발설하지 않습니다.

나무는 그늘로 저를 쉬게 할 뿐만 아니라, 잘려 죽어도 자신의 몸은 견고한 집이 되어 저를 보호해줍니다. 그 누군가를, 그 무엇인가를 지키고 보호하여 주는 수호자守護者는 입을 굳게 닫아야 합니다.

수호자는 어떤 외부의 물리적 위험으로부터 몸을 지키고 보호하여 주는 자만이 아니라, 자신의 입을 굳게 닫고서 다른 이의 마음의 상처나 괴로움을 보호하고 막아주는 자입니다. 그를 진정한 수호자라 할 수 있겠지요.

친하다고, 가깝다고, 사랑하는 깊은 관계라고 마음 내키는 대로 가벼이 움직이는 우리의 입을 굳게 다물어야 하는 이유입니다.

나는 너에게, 너는 나에게 서로의 진정한 마음의 수호자인가요.

단순한 산골생활이 즐거운 이유입니다.

겨울 산책 3

음미하는 삶

고즈넉함이 깊어가는 겨울밤, 눈뜨지 않았던 것처럼 잠이 들었다가 알 수 없는 흔들림에 깨었습니다. 모든 다른 날들처럼 그렇게 시간은 흐르고 있는데 왜 가슴 한쪽에서 흔들리는 바람 소리가 나는지요. 한쪽 구석에 앉아 알 수 없는 진동을 감지합니다. 잠자던 꾼달리니(kundalini)도 꿈틀거립니다.

아마도 지진이 한순간 스쳐 지나갔나 봅니다. 제 몸과 마음 전체가 순식간에 허물어져 버릴 것 같은 아득함에 빠집니다. 저도 모르게 멍청하도록 미련스러워집니다. 문밖을 나와 주변을 두리번거리며 절 추스릅니다. 저의 본질로 향하는 반항의 몸짓입니다.

무엇인지도 모를 이 아득함이 날 덮칠 때마다 난 스스로부터 외로운 낯선 이가 됩니다. 그 속에서 내뱉는 안타까운 탄식도 적막한 밤하늘에 메아

리칠 뿐입니다. 잠시 흘러간 세월은 스쳐 지나간 화살이었나 봅니다. 선뜻 불어오는 깊어가는 밤바람이 아직은 제법 차네요.

나뭇잎이 펄럭이는 이유는 바람 때문이 아니라 자신의 몸을 말리기 위함이랍니다. 아주 가벼운 깃털처럼 말려야 겨울을 날 수 있습니다. 제 마음에도 바람이 붑니다. 그 바람은 저의 고뇌와 번뇌를 날려 버릴 것이기에, 바람 잘 날 없는 삶이 고맙기도 한 이유입니다.

폴 발레리(ValéRy, Paul)는 "바람이 분다. 살아야겠다." 하였습니다.

저는 바람이 불지 않아도 그래도 살아야겠습니다. 잎 새 바람이 그냥 붑니다. '그냥'이라는 이유만큼 더 큰 이유는 없습니다.

절망 연습은 이제 멈추고 따스한 차 한 잔 우려야겠습니다. 폭풍우가 한바탕 휩쓸고 지나간 다음에는 적막과 고요가 자리하듯, 꽃이 지고 나면 열매가 맺어지듯, 우리네 삶도 그와 같겠지요.

고난의 세월이 지나고 나면 평화로운 삶이 찾아오고, 연륜과 경륜의 지혜가 결실을 맺습니다. 비록 오리무중이라도 배 젓는 어부의 눈엔 고기가 보입니다. 뱃길 또한 잘 엽니다.

늙는다는 것은 순리입니다. 세월도 늙습니다. 붙잡으려 해도 붙잡힐 세월이 아니지요. 황혼이 아름다운 것은 그 시간이 너무 짧기 때문이듯, 늙어가는 세월이 아름다운 것은 잡지 못하는 안타까움이 있기 때문입니다.

세월은 무심하지만 스스로의 길을 잃지 않습니다. 쉬지도 않습니다. 세상사 어느 것에도 관여치 않고 그저 흘러갈 뿐입니다.

"세월의 나이를 슬퍼하지 마라. 진정 슬퍼해야 할 것은 마음의 나이가 드는 것이다." – 밀레

영화 '파피용(Papillon)'에서 끝까지 자유의 꿈을 버리지 않는 주인공 파피용은 수용소 생활을 하면서 여덟 번의 탈옥을 시도할 만큼 끊임없이 자신의 무죄를 주장합니다. 하지만 결백을 주장하며 살인을 하지 않았다고 울부짖는 그에게 재판관과 배심원들은 이렇게 말하며 유죄를 선고합니다.

"너에게는 분명 죄가 있다. 네 죄는 인간이 저지를 수 있는 가장 최악의 범죄다. 그것은 바로 인생을 낭비한 죄다."

저도 그렇게 지금 이 순간 인생을 낭비하고 있는 건 아닌지 늘 반문해 봅니다. 낭비되는 인생, 다만 누구의 척도도 아닌 스스로의 가치로 판단해야 하겠지만, 삶은 그 자리에 그러하게 머물고 있다고 해서 단순히 헛되이 헤프게 낭비하는 것만은 아닙니다. 나름의 이유가 다 있는 것이지요.

멈추지 않고 흘러가는 계곡 물도, 넘치지도 줄지도 않으며 머물고 있는 바다도 다 제 나름의 삶을 이어가고 있는 몸짓입니다.

연탄은 제 한 몸 뜨겁게 다 태워 기꺼이 연탄재가 되었습니다. 그런데 재가 되어서도 놋쇠 그릇마저 닦습니다. 열정으로 살다간 이의 삶은 다른 이의 마음마저 닦아 줍니다. 어차피 인생은 연탄 한 장처럼 되는 것이기에, 삶을 열정으로 살아야 할 이유겠지요.

묘지 앞에 서면 바로 지금 여기에 존재하는 것만으로도 최선임을 알게 됩니다. 우리는 미래를 걱정하다가 지금 여기를 잊어버리고 살고 있습니다. 죽지 않을 것처럼 살지만, 살지 않았던 것처럼 죽습니다. 머리는 최선을 다하고 있지만, 가슴이 주인이듯, 그저 지금 가슴으로 느끼며 여기 존재하는 것만으로도 최선이 되어야 합니다.

겨울 산책 4

향기로운 인연

요가과 교수로 재직하고 지리산에서 명상원 원장을 하며 10여 년을 지내다 보니, 제자들이나 수행을 하는 이들로부터 요가와 명상을 하게 된 동기에 대한 질문을 종종 받습니다.

한국에서 서양철학을 전공하다 보니 요가라는 것에 대해 전혀 관심이 없었고, 물론 해 본 적도 전혀 없었습니다. 인도 유학을 가서도 비교종교학 석사과정이 끝날 때까지도 요가에는 전혀 관심을 두지 않았습니다. 명상 또한 대학 시절 인도의 끄리슈나무르띠(Krishnamurti)와 오쇼 라즈니쉬 등의 글들을 접하고 좋아는 했지만, 명상수행에서는 깊은 내면적 체험이 없었습니다. 절에 가서도 참선 때는 졸기만 하였지요. 세상에서 가장 무거운 것이 눈꺼풀임을 여실히 알아차리는 정도였을 뿐입니다.

그런 저에게 인생의 전환점으로 다가온 요가와 명상이라는 인연은 참으로 느닷없이 다가와, 나를 변화 시키고, 지금은 그 분야에서 몸을 담는 이로 살아가게 되었으니 깊은 인연이라 하지 않을 수 없습니다.

1992년 인도에 처음 첫발을 디딜 때는 서양철학을 전공한 저로서는 비교종교학을 하고 싶어서 델리 대학에 입학을 하였습니다. 하지만 델리는 대도시여서 그런지 내가 그려왔던 그런 인도의 냄새가 나지 않아 내겐 인도의 적응기로만 세월이 흘렀습니다.

하 세월을 그냥 소비만 할 수 없어 인도 전역을 주유하는 배낭여행 길에 올랐습니다. 사진기 하나 들고 히피들도 꺼린다는 혼자만의 인도 전역 방랑이란 제겐 참으로 무모한 여정이었는지도 모릅니다. 하지만 내 삶에 있어 그보다 더 편히 쉬고 고요히 보낸 세월은 다시는 없을 듯합니다. 대지의 호흡을 느끼며 인도 어머니의 품에 안긴 영혼의 여정이었습니다.

그 여정의 마지막 열차 행이 바라나시였고, 새벽 열차가 바라나시 역사에 도착하기 바로 전에 창으로 비친 한 폭의 수채화 같은 강가(Ganga)의 전경은 지울 수 없는 아름다움으로 남아 있습니다.

저는 바로 바나라스 힌두 대학(B.H.U)으로 전학하였고, 비교종교학과를 다니며 행복한 석사 과정을 마치려 하는 때에 요가와 명상을 만났고, 박사 과정을 요가전공으로 정해버리는 결정마저 하게 되었습니다.

화려하면서도 색 바랜, 혼란스럽고 무분별하면서도 질서가 흐르는, 신비로우면서도 본능적인 삶과 죽음의 교차점에서 가장 진솔하고 친숙하게 다가오는 의식들 속에서 생을 마감하면서도 해탈에 이르는, 그런 바라나시에서 저는 8년의 유학 시절을 보냈습니다.

그것은 혼돈 덩어리인 저 자신이 혼돈 속에 있을 때 가장 편하게 묻혀 버리고 안주할 수 있었기 때문이었는지도 모릅니다. 거기에는 나를 숙명적으로 이끈 한 만남의 인연이 그리 이끌었습니다.

바라나시 대학을 다니며 저는 새벽마다 학교 캠퍼스 중앙에 위치한 매우 목가적이고 전원적인 대학카페를 들러 아침 운동을 하였습니다. 전 어릴 적부터 쿵후[功夫](gongfu)를 하였기에 새벽에 그곳에서 쿵후를 하는 것을 좋아했습니다.

그날도 여느 날처럼 자전거를 타고 그곳으로 가던 길목에서 나의 눈에 흥미로운 모습이 들어와 자전거를 세우고 한참을 바라보게 되었습니다. 그곳은 외국인 여학생 기숙사 앞이었는데, 한 외국여학생이 발레도 아니고, 체조도 아니고, 마셜 아트(martial arts)도 아닌 묘한 동작을 하고 있었습니다. 한 번도 본 적이 없는 동작이라 쿵후를 하는 제게는 호기심이 생겼었던 것 같습니다.

한참을 멍하니 바라보던 제게 그 여학생이 손가락으로 절 부르는 손짓을 하였습니다. 저는 멋쩍은 표정으로 다가가서 물었습니다.

"너, 지금 뭐하고 있는 거니?"

그녀는 대답은 하지 않고 제게 되물었지요. "넌 여기서 뭐하니?"

저는 비교종교학을 전공하는 석사과정 학생이라고 대답했고, 대답을 들은 그녀는 한참을 웃었습니다. 인도에서 공부하는 대학원생이 내가 하는 이 동작이 무엇인지를 모르고 있다는 것이 말이 되느냐며, 믿지 못하겠다는 듯 나의 아래위를 훑어보았습니다.

오기가 생긴 저는 그녀에게 네가 한 동작들이 무엇인지 흥미로우니 가르쳐달라고 하였고, 저는 그녀에게 그날로부터 요가라는 것을 딱 한 달 배웠습니다.

그것도 인도의 유명한 구루(Guru, 스승)가 아닌 외국 유학생으로부터 인

도에서 요가라는 것을 처음 사사師事를 받은 것이지요. 그녀는 프랑스에서 외과 의사로 일을 하다가 아유르베다라는 인도의 전통의학을 배우러 온 유학생이었고, 요가수행을 20여 년이나 수행한 베테랑이었습니다.

잘난 것은 아니지만, 한국인의 자존심과 근기가 있었고, 원래 쿵후를 한 몸이어서 그랬는지 그녀가 제게 가르쳐 준 요가를 한 달 만에 완전히 소화해 내다보니, 그녀는 더는 저를 가르칠 만한 게 없다고 혀를 내두르며 하산 명령을 내렸습니다.

동방예의지국에서 온 저로서는 개인 교습비를 챙기지 않을 수 없어, 얼마의 돈을 주려 하였습니다. 하지만 그녀가 너무나 당혹스러운 표정으로 화를 내며 제게 던진 말은 제 뒤통수를 치는 화두와 같았습니다.

"네가 요가가 흥미롭다 하였기에 나는 친구로서 너에게 요가를 가르친 것뿐이었고, 또한 너를 가르친 것 자체가 단지 나의 즐거움과 기쁨이었을 뿐이었는데, 네가 돈을 준다는 것은 나의 기쁨을 훼손하는 것이고, 그동안 나를 친구라고 전혀 생각지 않았다는 것이다. 어찌 친구에게 교습비를 줄 생각을 하는 것이냐."

저는 내민 손이 민망하기 그지없었습니다. 저는 그녀에게서 요가를 배운 것이 아니라, 요가를 하는 마음을 배웠습니다. 요가의 행위적이고 기술적인 측면이 아닌, 더 큰 그 무엇이 도사리고 있음을 깨우쳐준 그녀에게 어떻게 업業을 갚을까 생각하다가, 저는 남학생 기숙사에서 쿵후를 가르치기 시작했습니다.

150여 명이 제게 쿵후를 배웠고 한 달이 지나 그들 또한 교습비를 제게 가져왔습니다. 저는 그들에게 말했습니다.

"내가 인생에 큰 빚을 졌는데, 내가 너희로부터 교습비를 받으면 그 업業

을 벗을 수가 없다. 내가 그 업을 벗을 수 있도록 무료봉사할 수 있도록 하여달라."

저는 그들로부터 교습비를 받지 않음으로써 알지 못할 희열과 기쁨을 만끽했습니다.

비록 그녀에게 진 빚을 그녀에게 직접 갚지 않더라도, 이렇게 업을 벗을 길이 있었습니다. 그녀가 어떤 마음이었는지 저는 그때야 알았습니다.

나누는 기쁨과 주는 기쁨이 받는 기쁨보다 큰 것임을 저는 요가를 통해 배웠습니다. 그 마음을 배운 것이 요가 전도사로서, 명상 수행자로 사는 삶을 살게 한 원동력이 되었으며, 그 인연법으로 인도에서 요가철학을 전공하고 박사학위를 받을 수 있었고, 영혼의 스승마저 만나는 공덕을 받았습니다.

또한, 지금 이렇게 지리산 산골에서 자연과 벗하며 살 수 있는 여유로움의 행복을 즐기게 되었다고 확신하고 있습니다.

겨울 산책 5

관점과 관념

지리산 산골 마을의 목욕비는 3,000원입니다. 착한 가격이지요. 저도 당당히 3,000원을 내고 목욕을 합니다만, 노스님께서 제 등을 밀어주시며 눈치 보며 물으십니다.

"처사, 어디서 얼마 주고 문신했는가?"

저는 조폭이 아닙니다. 한때 히피처럼 살던 시절이 있었을 뿐 인도와 이태리에 있을 땐 자연스럽던 것이 한국에선 뭇 시선이 따갑습니다. 관점과 관념이란 문화적 차이 때문만은 아닙니다. 인간 존재가 드러내는 몸짓의 한 형태에 대해서 다름을 인정하고 포용하려는 열린 마음의 부재와 몰개성화가 그 근원이기도 하지요.

헤나(Henna)는 헤나라는 식물을 말려 빻은 가루를 물에 반죽해서 피부에 그림을 그리면 그림대로 피부가 보통은 1~ 3주 정도 염색이 되었다가

지워지는 원리입니다. 타투(Tattoo, 문신)는 피부에 바늘을 이용하여 염료를 피부에 영구적으로 새기는 것입니다. 타투는 우리나라와는 달리 유럽이나 동남아 등지에서는 일반화되어 있어서 혐오의 대상으로 다가오지는 않습니다. 개인적인 자유로운 개성표현일 뿐이지요. 또한, 볼 때마다 마음에 각인하고 되새기고자 하는 것일 뿐입니다.

특히 영국은 라이센스까지 등록되어 있어 타투이스트(tattooist, 문신 시술자)가 예술가로 대접받는 실정이지만, 한국은 문화적, 정서적으로 그리고 의료법상 법적으로 불법이라 이미지가 좋지 않을 뿐입니다.

중3 때 본 영화 '파피용'을 좋아하여 제 몸의 가슴과 어깨에는 자유를 갈구한 나비 문양과 함께 용과 호랑이 문신이 새겨져 있고, 등에는 용을 낚는 낚시꾼이라는 18세기 산수화가 새겨져 있습니다. 거기에다가 팔뚝에는 "요가란 마음의 작용을 멈추는 것이다."라는 데와나가리(Devanagari) 문자와 꾼달리니(kundalini) 뱀 문신(tattoo)이 새겨져 있습니다.

멀리서 보면 마치 찢어진 지퍼 모양의 꿰맨 흉터처럼 보이지요. 어릴 적 목욕탕에 갔을 때 "사랑어로 차카게 살자~!"라는 맞춤법도 무시한 어느 깍두기 형님 팔의 조악粗惡한 문신과는 다릅니다.

목욕탕에 들어서면 다들 제 옆에서 물을 튀기지 않으려고 애씁니다. 하지만 저는 조폭이 아닙니다. '마음의 작용을 멈추라'고 새겨 놓았는데, 오히려 그들은 마음의 작용을 하고 있습니다.

보이는 것이 다가 아니지요. 타투(tattoo)를 했다고 제가 조폭이 아니듯이 말입니다. 우리의 눈에 보인 현상적 존재는 그 진면목을 보지 않고는 모두 다 허상인데, 겉모습과 나타난 모습에 모두 마음의 작용을 일으킵니다. 일출 때의 태양과 일몰 때의 태양은 느낌이 다릅니다. 하나의 같은 태양임

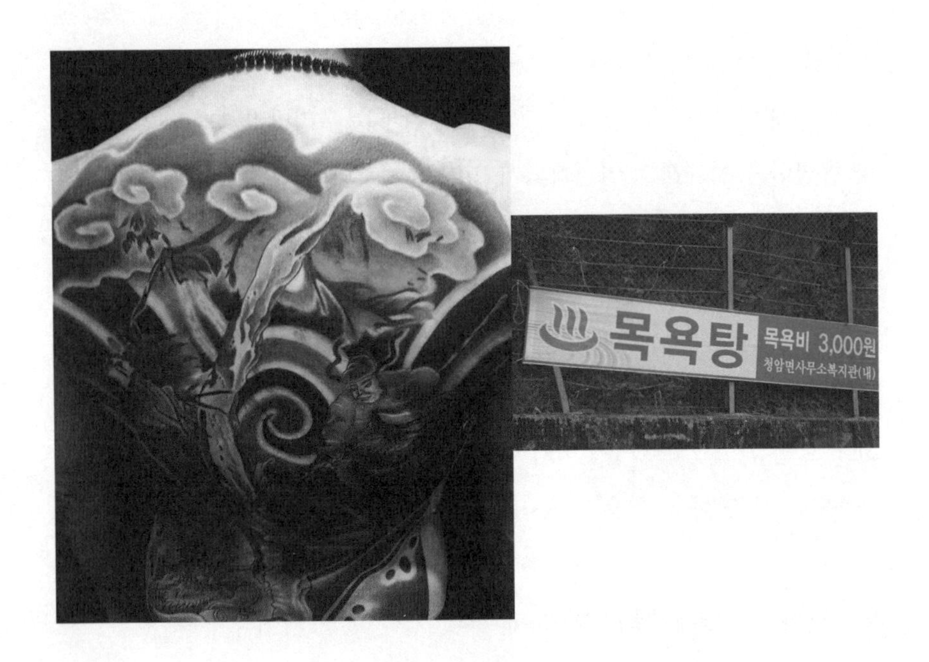

에도 언제, 어디서, 어떻게 바라보느냐에 따라 달라 보입니다.

태양은 언제나 그 자리에 스스로의 모습대로 원래 있는 그대로 있건만, 마음의 상태에 따라, 바라보는 관점에 따라 달라 보입니다. 관점이란 이렇게 허망한 것입니다.

문신이 있다는 것은 남의 눈을 의식하지 않는 영혼이 자유로운 자이고, 순간의 통증을 견디는 참을성(인내)과 의지의 소신이 있어야 하고, 한번 새기면 지우기가 어려움으로 변하지 않으려는 마음과 몸짓입니다.

아름다운 예술적 개성표현인가, 아니면 혐오스럽고 위협적인 표현인가는, 문화와 예술의 인식 차이를 좁혀야 진정으로 이해하고 가슴에 담을 수 있습니다. 히피란 일탈, 자유, 유희, 자유로운 영혼의 소유자들입니다. 히피 문화는 세상의 모든 틀에서 벗어난 자유로운 모습들을 누립니다. 단지 하나의 다른 문화일 뿐 틀리거나 잘못된 문화는 아닌 거지요.

누구는 페인팅으로 집을 꾸미지만, 저는 타투로 제 몸을 꾸민 것뿐입니다. 모두 다 허튼짓일지라 여겨도 단지 그림은 그림일 뿐, 그저 아름다운 예술과 함께 하고 있을 뿐입니다.

자신감만큼 아름다운 것이 있을까요?

타투(Tattoo)의 세계! 아름다움이 있습니다.

겨울 산책 6

말과 소리

"補知早知, 自知晩知(보지면 조지고, 자지면 만지라)"

도와서 아는 것은 빨리 알게 되는 것이고, 스스로 혼자 아는 것은 늦게 알게 된다.

-김 삿갓 시

귀한 도반이나 스승이 한 소식 전해줌으로써, 미망에 헤매던 우리가 한 순간 확고히 알아차릴 때가 얼마나 많은가요. 도반과 스승의 존재가 절실히 필요한 수행의 세계에서 새겨들을 말이 아닐까 싶습니다. 김 삿갓의 시(詩)에 저는 이렇게 화답합니다.

"조지[早知]든, 만지[晩知]든,

자지自知만이 정녕 나를 곧게 세운다.

하지만 누구든 보지補知를 득한 후 자지自知하게 되니,

자지自知를 위해선 보지補知)가 반드시 필요하다."

우리가 하는 말에는 우리 자신이 의식하고 있는 것만이 담기는가요? 말이란 습관적으로 듣거나 내뱉지 말고 그 의중을 잘 살펴야 합니다.

말이란 소리가 아니라 그 뜻과 의중을 잘 살펴야 하는 이유입니다.

비트겐슈타인(Ludwig Wittgenstein)은 논리철학논고(Tractatus Logico-Philosophicus)에서 언어를 세상을 바라보는 하나의 장면으로 바라보았습니다.

논리철학논고의 마지막은 철학을 함에 있어서 "말할 수 없는 것에 관하여서는 침묵하여야 한다." 라고 끝을 맺고 있습니다.

"철학은 안으로부터 사유할 수 있는 것을 통해 사유가 불가능한 것에 한계를 설정해야 한다. 말해질 수 있는 것은 분명하게 말해져야 한다. 그러나 말할 수 없는 것에 대해서는 침묵해야 한다."

진짜 중요한 부분은 말할 수 없는 부분이며 이러한 부분은 '말'이 아닌 '표현'으로 나타나야 한다는 것이지요. 언어는 실제적 경험 내용을 축소합니다. 있는 그대로 경험하되 말로 표현되는 순간 언어로 축소, 제한하는 우를 범하게 됩니다.

후설(Husserl)의 '판단중지(epoche)'와 장자의 '도가도 비상도 명가명 비상명道可道非常道 名可名非常名'입니다.

우리네 삶과 관계성도 그렇습니다. 경험하고 체험하되 판단되거나 말해져 한정되어서는 아니 되지요.

인류가 한 가지 언어만을 말하는 것은 바람직한가요?

잔칫집에 초대받아가서 잔칫상을 손님이 먹지 않는다면 그 잔칫상은 초대한 주인이 먹고 치워야 하듯이, 그 누군가로부터 비난과 욕의 잔칫상을 받더라도 내가 전혀 손도 안 된다면 그 욕은 욕의 잔칫상을 벌린 자가 먹어야만 합니다.

비난과 욕을 하는 자가 아닌 욕에 휘둘려 다스리지 못하는 내 마음을 부끄러워해야만 합니다.

진정한 경청이란 상대편만이 아닌 나 자신의 내면의 소리에도 제대로 귀 기울여 들어 주는 것이기도 합니다. 그것은 자신에 대한 사랑입니다. 모든 선한 것들이 우리를 살게 합니다.

하지만 말도 안 되는 세상이기에 말꼬리 잡는 이에게는 할 말이 없습니다.

"소리 없는 것들이 우리를 살게 만든다. 아침마다 떠오르는 태양이, 달빛이, 우리를 숨 쉬게 하는 공기들이, 그 깊은 산에서 솟아나는 샘물이, 그리고 모든 선한 것들이."

–〈아주 가벼운 깃털 하나〉 중에서

산사 음악회의 밤은 아름다웠습니다. 고요의 적막을 깨우는 소리였습니다. 소리 공양은 범종만 하는 건 아닙니다. 무녀들의 춤과 전통악기연주 그리고 수많은 별이 펼쳐지는 소리도 음공양이 됩니다.

악사들은 세월의 소리를 켭니다. 그들의 연주가 과거와 현재를 넘나듭니다. 세월의 무상함은 소리에도 묻어 있습니다. 그저 흥이 나서 켜는 음악이 최상입니다.

인도의 베다 경전에는 이런 말이 있습니다.

"무음無音을 켜는 자, 절대의 소리를 듣는다."

아마도 음악으로부터 우주 중심축으로 몰입하는 존재의 일체감을 전해 받는다면 언제나 어디서나 희열로 가득할 것입니다. 그가 진정한 마에스트로(maestro)입니다. 내면에서 울리는 '소리 너머의 소리' 나다(nāda)에 귀 기울여 봅니다.

"들리는가? 무음無音의 소리가.

무음을 켜는 자, 그 침묵의 소리에 귀 기울인다."

듣지 못하고, 보지 못하면서도 제멋대로 움직이는 이가 참 많습니다. 저도 제멋대로 움직이는 걸 보니 아마도 눈, 귀 다 막고 살고 있나 봅니다. 지음知音은 온데간데없고 바람 날리는 가락만이 들리는 듯합니다.

공空의 절대성인 진여眞如의 세계를 따타따(Tathata)라 합니다.

그런데 경운기를 몰고 제 옆을 지나가시며, 동네 어르신이 "어서, 타, 타, 타!" 하십니다.

어르신은 이미 진여의 세계에 계십니다.

견공 犬公

오랜 시간 강아지들과 산책로를 거닐다 보니 처음엔 산책길과 강아지 꼬리만 보였지만,

어느 순간부터는 하늘이 보이고, 호수가 보이고, 숲이 보였습니다.

그들을 삶의 반려로 바라보게 된 이후로는 그들의 말이 들리고 몸짓과 향기가 다가옴도 알아차렸지만, 지금은 그들로 인해 사시사철의 시절이 보이고, 세월이 보이고, 삶의 길에 서 있는 나를 보게 되었습니다.

서로 부대끼며 사는 작은 공간이지만 서로 위해주고 아껴주는 마음은 사람보다 진합니다. 아프면 서로 혀로 핥아 줍니다. 고향이 그리워지거나, 발정기가 되었을 때나, 개장수가 마이크로 "개 삽니다" 할 때, 도둑이나 낯선 사람이 와서 위험이나 경계를 느낄 때, 동네 이장님이 이른 아침 마이크로 방송할 때, 그들은 서로 이구동성으로 하울링을 합니다.

강아지들의 후각과 청각능력은 참으로 민감합니다. 그들은 분명 사람보다 훨씬 더 많은 것을 훨씬 더 세밀하게 느끼며 살고 있습니다. 그럼에도 불구하고 사람들은 하룻강아지처럼 취급하지요.

오밤중에 어디를 다녀오면 사람들은 자고 있어도 강아지들은 깨어 저를 반깁니다. 섭섭하게 대해도 돌아서면 잊어버립니다. 주인에 대한 복종심과 충성심은 안면몰수하고 배반을 일삼는 인간들에겐 상상으로도 따라가지 못하지요.

아이들은 자기가 보호해야 하는 줄 알고 무조건 접근합니다. 하지만 아이들은 그것도 모르고 겁이 나서 울어 버립니다. 두 손 받쳐 공양해도 모자랄 그들로부터 오히려 하해와 같은 충성과 복종을 넙죽 받는 나 자신의 인연법은 아무리 생각하여도 무례입니다.

충성심과 복종심은 때론 부담으로, 미안함으로 다가옵니다. 나 또한 전생에 주인이 주는 대로 받아먹던 개였나 봅니다. 나는 '새끼 개'였을까, 아니면 '개 새끼'였을까요? 탁한 제 눈빛을 보니 확실히 전 후자였나 봅니다.

그들에게는 밑천도 없고, 가망도 없는데, 하물며 바라지도 않는데 누구나 다들 먹는 것을 가져다줍니다. 그들은 무엇을 가져다주어도 불평하지 않고 그대로 받아먹습니다. 안분지족安分知足하는 삶이 행복 그 자체임을 그들은 이미 알고 있는 것이지요.

견공들은 언제나 주인을 향해 귀를 세우고 있습니다. 그들을 반려의 참 존재입니다. 반려伴侶란 짝이 되는 동무이지요. 사람과 더불어 사는 존재일 뿐 사람의 자기중심적 이해의 대상이 아닙니다. 사람은 순수한 그들과 더불어 살아감으로써 오히려 상실되어가는 인간 본연의 성정性情을 되찾게 됩니다.

그들을 보고 있노라면 모든 존재가 인간을 위한 종속과 희생이 아니라, 공생의 존재임을 자성하게 됩니다.

강아지들은 무리 중 리더가 되고 싶은 충동으로 언제나 주인 보다 앞장서서 가려 합니다. 하지만 간식 앞에서는 그 충동의 힘도 맥을 못 춥니다. 목줄보다도 간식의 유혹이 그들을 제어하기가 더 쉬운 것이지요. 사람 또한 언제나 그 꿀 발린 유혹을 떨쳐 버리기가 참으로 어렵습니다. 앞으로 나아가고자 하는 발목을 잡는 그 무엇이 언제나 도처에 널려 있습니다.

주인이 간식과 목줄로 개를 당겨 조정하듯, 어쩌면 우리 또한 그 누군가로부터 꼭두각시로 조정되며 그렇게 세뇌당하며 삶을 살고 있는지도 모를 일입니다.

그렇게 명상원의 날이 새고 날이 저뭅니다. 서당 개 3년에 풍월을 읊는다지만, 명상원 개 3년에 선禪을 닦습니다. 그것은 귀를 세워 열어 놓았기 때문이지요. 귀를 연다는 것은 내 마음의 양심의 소리를 듣는다는 것입니다.

입을 닫는다는 것은 나의 에고를 닫는다는 것입니다. 내 입에 에고가 가득 들어 있으면 내 마음의 양심의 소리를 듣기 힘들지요. 남의 말을 들을 때는 양쪽 귀로 받들어 존중해서 들어야 합니다. 그렇지 않으면 한쪽 귀로 흘려버립니다. 한 귀로 흘려듣지 말고, 신경 좀 써야겠지요.

하지만 작금의 그 누구에겐 "소귀에 경 읽기"입니다. 그래도 소는 최소한 다른 사람의 마음을 다치게 하지는 않습니다. 그것이 양심입니다.

강아지들을 키우며 그들의 웃는 모습을 자주 보지 못했습니다. 세상이 하 수상하여 개판이다 보니 웃을 일이 없는 가 봅니다. 개들도 말하고 있습니다. 듣고 있습니다. 바라보고 있습니다. 텅 빈 마음으로 입을 닫고, 텅 빈 마음으로 귀를 열고 있습니다. 개들도 가르쳐 주는데 개만도 못한 인간이 참 많습니다.

아니, 개만큼만 하여라!

묘공 猫公

명상원에는 고양이 세 녀석도 강아지들과 함께 방목하며 키웁니다. 작년에 수컷 고양이 한 녀석을 품에 안고 키워 놓았더니 성묘가 된 사내 녀석은 동네 바람이 나서 온데 간대 소식이 없습니다. 홀로 남은 암컷 한 녀석이 외로웠는데 때맞춰 어린 수컷 새끼 두 녀석을 데려오게 되었습니다.

녀석들의 어미 길고양이가 지리산 미륵정사 토방 아궁이에 새끼 5마리 중에 두 녀석을 남겨놓고 사라졌기에, 며칠 동안 지켜보다 결국 고이 명상원으로 데려온 것입니다. 꼬리가 일반적인 모양이 아닌 기형으로 휘어져 있는 걸 보니, 그들 중 아마도 가장 여리고 약한 녀석들인가 봅니다. 약한 새끼들은 도태되는 약육강식의 세계, 이 무슨 애달픈 인연인가요. 그래도 새끼가 춥지 않도록 아궁이에 놓아두고 간 걸 보면 모성애는 잃지 않았나 봅니다. 어미 품은 아니지만, 비록 저의 거친 남정네의 손에서나마 무럭무

&
Open Hand

럭 건강히 잘 자라주기를 바랄 뿐입니다.

아직은 어미의 품이 더없이 그리운, 세상의 빛을 본지 10여 일밖에 안 된 고양이 두 녀석이 어미도 없이 살아가야 하는 생존방식을 스스로 터득하고 있습니다.

본능은 참으로 위대합니다. 스스로 용변을 보고 난 후, 앞발과 뒷발을 이용해 모래로 덮고, 체온유지를 위해 서로 부둥켜안고 잠을 청합니다. 작은 발로 넘어지지 않으려고 애를 씁니다. 삶은 균형을 잡는 것이라는 걸 녀석들은 이미 아는 것이지요. 서로 떨어지게 되면 소리를 질러 서로의 존재를 확인하고, 배가 고프면 불쌍한 표정으로 고개를 들고 나를 애처로이 바라봅니다. 어미가 가르쳐 주지 않았는데도 본능적으로 스스로 그리하는 게지요.

고양이를 잡는 방법은 그저 박스 하나 놓고 기다리면 됩니다. 꼬물이들은 넓게 트인 바깥보다도 구석진 상자를 좋아합니다. 무언가 감싸주는 느낌이 드는 가 봅니다. 본능적으로 어미 품이 그리운 것이겠지요.

넓고 세련된 제집은 놓아두고 던져준 허름한 헌 상자를 놀이터로 삼고 좋아하는 것을 보니 그들에겐 차별심이 없어 보입니다. 박스 하나면 족한 안분지족을 실천합니다. 녀석들은 모든 것이 호기심 천국이라 눈이 흑진주처럼 빛납니다. 어쩌면 그들의 장난질이란 세상과 소통하고 공유하려는 녀석들의 서툰 몸짓인지도 모를 일입니다.

저는 그들에게 어미의 품만큼 따사로운 정으로 키우고, 보육할 수 있는 것일까요? 아무리 잘한들 어미의 품만 하겠습니까마는, 생명의 외경畏敬만큼은 차별하지 않으려는 마음 하나 믿고 그들을 대하려 노력합니다.

알렉산더 대왕 시절의 위대한 철학자 디오게네스가 밝은 대낮인데도 등불을 들고 길을 걸어가며 뭔가를 찾기라도 하듯 연신 주위를 두리번거렸습니다. 누군가가 그에게 물었지요.

"해가 있어 밝은데 왜 등불을 들고 다니십니까?"

"정직한 사람을 찾기 위해서라네."

어두운 밤에도 개는 주인을 알아보고 곁으로 다가옵니다.

고양이는 아무리 어두운 밤에도 재빠른 쥐를 잡습니다. 정직한 사람을 대낮에 찾는 것보다도, 쥐를 어두운 밤에 찾는 것이 더 쉬운 일일 것입니다. 개와 고양이가 어두운 밤에도 사물이 보이는 이유는 그들은 정직하기 때문입니다.

고양이들은 모르는 것이 많다는 것에 대해서는 서열 높은 선배나 주인에게 겸손하고, 그것을 극복하기 위해서는 스스로 용기를 가집니다. 많이 배웠다는 것에 만용을 버리는 것이 용기이고, 모르는 것에 대해서는 무시를 하지 않는 겸손입니다. 겸손과 용기는 그들만이 아니라 수행자들에게도 필요한 대립하지 않은 한 쌍이지요.

고양이들이 몸짓으로 하는 말을 저는 겸허히 훈육 받고 있음에, 제가 그들을 보육하는 것이 아니라 그들이 저를 교육하고 있음입니다.

그들은 지금 서로 서열 세움을 하고 있는가, 아니면 훈육 중인가.

고양이를 키우며 그들의 몸짓과 표정을 통해 정직과 겸손과 용기를 배웁니다.

겨울 산책 9

불청객과 방문객

우리는 바로 '지금'이라는 시간과 '여기'라는 장소에 잠시 머물다 지나가는 손님일 뿐입니다.

서로 사랑하고, 나누며 머물다가 각자의 집으로 다시 돌아가야 합니다. 죽음은 자기의 집으로 다시 회귀하는 출구입니다.

그럼에도 불구하고 손님이 주인인 양 자리 잡고 떠나지 않으려 떼를 쓰는 이가 많습니다.

하지만 그 누구도 '지금과 여기'를 자기 집으로 영원히 가질 수 있는 이는 없습니다. 한 찰나 머무는 것도 빚진 마음이기에 어서 일어서야 합니다. 눈치 없이 미적거리며 앉아 있음은 불청객입니다.

미련과 애착은 불청객의 소유물일 뿐, 손님은 미련 없이 떠날 줄 알아야 자유로운 방문객입니다.

'바로 지금 여기에서'의 나를 언제나 방문객으로 자각하는 이는 애착도 미련도 가지지 않는 자유로운 영혼의 집을 얻게 됩니다. 그 집이 바로 영원한 자기 집입니다.

아상我相, 그 자기라는 '에고'를 놓지 않고는 자유의 증득이란 멀고도 멉니다.

"당신은 다른 어디에도 이를 수 없다.
당신은 어디를 가든 자기 자신을 데리고 다닌다."
– 아잔 브람

노을에 비친 붉은색 구름이 마치 인생의 황혼빛 같습니다. 일편단심의 색입니다. 요즘 들어서는 해거름 때인 이때만 되면 하늘을 자꾸 쳐다보게 됩니다.

저도 이젠 인생의 황혼에 접어들었나 봅니다. 나이가 들수록 황혼의 붉은색이 좋은 이유는 불타던 열정이 사라져 버렸기 때문일까요. 일출보다는 붉은 황혼이 더 아름답고 가까이 느껴지니 말입니다. 황혼에 접어든 여성들이 빨강 옷을 즐겨 입는 이유도 같은 것이겠지요. 황혼의 나이가 들면 남자들보다 여인들이 더 용기가 있습니다. 남녀란 그런 건가 봅니다.

아름답게 늙는다는 것은 삶의 경륜과 연륜 속에 열정이 그대로 살아 있다는 것입니다. 비록 늙어도 추억을 그리워하며, 단지 기억하기보다는 추억을 직접 만들고 싶어 하지요. 나이를 먹는다는 것은 선택이 아니라 무조건적입니다.

하지만 열정적으로 살아간다는 것은 선택입니다. 늙었기 때문에 활동을 멈추는 것이 아니라, 활동을 멈추기 때문에 늙게 됩니다. 그 활동의 근원은

열정의 유무에 달려 있습니다. 젊음은 열정이 있기에 영광된 특권입니다. 비록 나이가 들어도 열정이 있다면 젊음의 특권을 누리는 것입니다.

늙은 청년과 젊은 노인의 기준점은 열정의 유무有無와 영혼의 순수함으로 구분됩니다. 자연의 거룩함과 장엄함은 언제나 변함이 없듯이, 담소하는 촌로에겐 세월도 무관해 보입니다.

마지막으로 온몸을 사르는 촛불처럼, 지는 아쉬움에 강렬한 빛을 발하는 황혼! 저도 온몸을 사르는 황혼이고 싶습니다. 마지막 마침표 찍기가 못내 힘든 그런 때입니다.

황혼이란 영원하지 않고 찰나이기에 더 아름다운 것인지도 모릅니다. 기울어 눈앞에서 사라지기 전 온전히 불태우는 빛의 참된 모습입니다. 미련과 애착을 가진 불청객이 아니라, 미련 없이 떠날 줄 아는 자유로운 손님인 방문객입니다.

삶의 황혼에 서면 더욱 아름다운 이유입니다.

겨울 산책 10

눈 eye과 고드름

눈이 마치 퍼즐처럼 내려앉았습니다. 잘도 맞추네요. 흰 눈은 어디에나 공평히 내리며 온 세상을 덮습니다. 부잣집 지붕에도 가난한 천막집 위에도. 눈은 온 생명들이 받아들여야 하는 숙명입니다.

하지만 그 속에 온기가 더하고 새 생명이 꿈틀거리고 있음만은 덮는다고 덮어지지 않습니다. 치우지 않아도 덮인 눈은 언젠가는 스스로 녹습니다. 숙명적 기다림은 그렇습니다.

사람이 '첫눈'이라는 의미를 부여하지 않는다면, 눈 자체는 언제나 처음이자 마지막 눈입니다. 나타났다 사라지는 그 모든 존재처럼. 추울 때는 추위와 하나가 되어 분별심이 사라진다면, 내가 추위이니 추위를 피하거나 이기려 할 필요가 없겠지요.

내 눈(eye)이 눈(snow)과 하나가 되면 눈(snow)이 하는 말을 들을 수 있을 듯합니다. 눈을 밟고 떼는 발걸음 소리를 가만히 들어 보니 '사랑, 사랑' 하고 말하는 듯합니다.

눈 오는 날, 눈(snow)이 순수한지, 바라보는 나의 눈(eye)이 순수한지요?

관점을 도식화하고 획일적으로 단절시킬 수 있는 인간의 눈(eye)입니다.

거센 비바람에도 끄떡 않던 대나무들이 눈이 오니, 그 곧고 굳센 대나무가 휘어져 꺾였습니다. 아주 가볍고 순수한 하얀 눈의 지속적인 쌓임에 대나무의 꼿꼿한 고집마저 꺾였네요. 그 누군가를 변화시키는 것은 강직한 주장도 거센 나무람도 아닌, 부드러운 접촉과 지속적인 사랑과 관심인지도 모릅니다.

지리산 명상원에 차가운 눈이 내리니 구절초가 잎을 움츠립니다. 고양이는 발자국의 흔적을 남겨 놓고 사라집니다. 눈 내린 차가운 밤기운에 나도 옷깃을 추스릅니다. 폭설이 내려 온 세상을 덮어도 창공의 새는 길을 잃어버리지 않습니다.

하지만 아주 가벼운 깃털 같은 마음의 번뇌와 무명에도 사람은 제 갈 길을 잃습니다. 길이 눈에 쌓이면 산골 숲 속은 고립되고 맙니다. 하지만 길이 보이지 않는 외딴곳에서는 외부로 눈길을 돌릴 수 없기에, 스스로의 내면을 돌아보는 시간을 갖게 됩니다. 흰 눈이 길을 지우듯, 마음의 번뇌와 무명 또한 지우라는 눈의 메시지인지도 모릅니다. 그렇게 눈은 그 모든 오점[汚點]들을 하얗게 덮어 버립니다. 하얗게 지워버릴 그 무엇을 위해 고립된 저 너머로 들어 가야 할 때입니다.

명상원 담장에 고드름이 열렸습니다. 가녀린 거미줄이 고드름을 놓지 않습니다. 질긴 애욕[愛慾]입니다. 우리의 인연 줄도 그러하지요. 미미한 것 같지만, 아주 사소한 인연일지라도 끊기가 매우 어렵습니다. 석양은 고드름

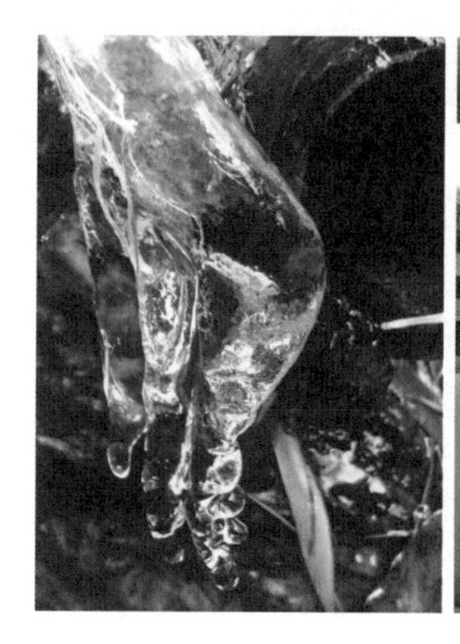

에게도 따스한 것일까요. 제 몸이 녹아 사라지는데도 넘어가는 석양을 한 줌이라도 더 받으려 합니다.

밤이 되니 눈이 동토를 감쌉니다. 고양이 발자국이 선명도 합니다. 발이 시려도 내게 다가옴이 기특하기도 합니다. 눈 오는 밤의 자동차와의 산책에 자동차는 추워도 내게 불평 한마디 없습니다. 오히려 은은한 분위기를 연출해주고 따스한 히터마저 덥혀줍니다. 가로등도 졸음이 쏟아져 버티기 어려운 시간, 눈 덮인 산촌은 그리 깊어만 갑니다.

아침이 되니 계곡 물을 받는 호스에서 얼음이 마치 고드름처럼 조금씩 빠져나옵니다. 참 예쁘게도 영글었습니다. 양지陽地보다 음지陰地에 있었기에 더욱 아름다울 수 있었는지도 모릅니다. 음지陰地라고 양지陽地보다 못할 건 없습니다.

맑음은 어둠 속에서도 빛나기에 그저 맑을 뿐입니다.

겨울 산책 11

동토일지라도

동토일지라도 서로 다투지 않습니다. 제자리만 지켜도 서로 아름다울 수 있습니다. 마땅히 있어야 할 자리일 뿐입니다. 대지는 그렇게 불평 없이 자리를 내어줍니다. 그렇게 봄을 맞이할 준비를 합니다. 내면에 풍요를 가득 담고서 말없이 때를 기다고 있을 뿐입니다.

기다림은 그렇습니다. 목마르게 기다리는 것이 아니라, 넉넉함으로 기다려야 합니다.

그 무엇을 위로 던져도, 아무리 값진 것을 위로 던져도, 하늘은 절대 자기 것으로 가지지 않습니다. 무소유의 실천입니다.

땅은 무엇을 버려도 마다치 않습니다. 하나도 빼놓지 않고 구별 없이, 차별 없이 모두 다 받아들입니다. 그래서 대지를 어머니라 하는 이유입니다.

바다는 독물도 자신의 몸으로 흡수합니다. 그 어느 것도 버리지 않습니

다. 수용과 포용의 표상입니다.

하늘의 무소유의 마음도, 땅과 바다의 포용의 마음도, 우리네 마음먹기에 따라 "받았다, 받지 않았다"할 뿐입니다. 또한 "옳다, 그르다"할 뿐입니다. 저는 무엇을 얻으러 이생에 왔는지요?

얻으러 온 것이 아니라 버리고 놓고 비우려고 온 것이기에, 얻으려 하는 것 자체가 저의 아집我執과 아상我相일지도 모릅니다.

명상원 앞 능선에 붉은 노을이 졌습니다. 붉게 물든 일편단심입니다. 붉은 단심이 스산한 겨울을 맞이하고 서 있습니다. 일편단심이야 어디 가겠습니까. 사뿐히 지르밟고 오시기만 하면 됩니다.

꽃은 피어도 소리 없이 피고, 새는 소리 내어 울어도 눈물을 흘리지 않고

웁니다. 마음은 애가 타도 연기 없이 타들어 갑니다. 메마른 겨울이어도 붉은 단심은 시들지 않습니다.

읍내 시장을 갔더니 쇳덩이가 요가 자세로 굳고 뻐근한 몸을 풀고 있습니다.

하물며 무정물도 굳어지는 몸을 푸는데 사람의 마음은 그 고착된 경직을 풀려 하지 않습니다.

"생각을 조심하라. 생각은 말이 된다.
말을 조심하라. 행동이 된다.
행동을 조심하라 습관이 된다.
습관을 조심하라 인격이 된다.
인격을 조심하라 운명이 된다."
–마더 테레사

신구의身口意는 분리되지 않습니다. 결국, 운명이라는 것은 생각이라는 마음이 결정합니다. 삶은 마음 먹기에 달린 것입니다.

사람의 생각은 무한하기도 하고 제로이기도 하기에, 사람의 운명은 영원하기도 하고 무상하기도 하지요.

따뜻한 카리스마!

작은 나뭇가지도 여럿이면 큰 솥을 달굽니다. 시릴수록 더욱 따뜻한 솥입니다. 더울 땐 따뜻한 것이 아니라 뜨겁기만 하지요.

가마솥 앞에서 장작불을 피우며 어릴 적 할머님에게서 듣던 구수한 속담이 떠오릅니다.

"솥은 검어도 밥은 검지 않다."

겉만 보고 판단하지 마라.

"솥 속의 콩도 쪄야 익는다."

힘써 노력하지 않으면 아무것도 이루어지지 않는다.

"솥에 넣은 팥이라도 익어야 먹는다."

반드시 밟아야 할 절차가 있다. 성급히 서두르면 오히려 망치는 법이다.

"팥이 풀어져도 솥 안에 있다."

손해를 본 것 같지만 따지고 보면 손해를 본 것이 없다.

또한, 내달려봐야 부처님 손바닥 안이다.

아주 크고 우묵한 가마솥이 서서히 달궈지듯, 영혼의 가마솥에도 서서히 달아오를 땔감이 필요합니다. 눈발이 본격적으로 지리산 삼신봉에서 명상원으로 몰려 내려옵니다. 묵향의 내음이 사뭇 짓습니다.

이럴 땐 멀리서 친구가 찾아오면 이 또한 즐겁지 않겠습니까. 시린 겨울을 나기 위해선 가마솥보다도 곡차가 익어가는 밤이 가장 따스합니다.

진정한 바라봄은 자기 내면을 바라보는 것입니다. 그 바라보고 있는 것마저 바라보고 있다면 순수자각입니다.

나 자신이 순수의식으로 존재할 때, 세상도 순수하게 존재하게 됩니다. 하지만 사람들은 나를 순수의식으로 변화시키려 하지 않고, 세상이 혼탁하다고 세태를 변화시키려 합니다. 그것이 어쩌면 오히려 흙탕물을 일으키는 돌팔매질일지도 모르는 일이지요.

내 마음의 문이 아집으로 굳게 닫혀 있습니다. 그런데 내가 서 있는 곳이 문밖인지, 문 안인지 당최 오리무중입니다. 마음의 문을 열면 바로 알 수 있을 텐데, 문을 걸어 놓고 빗장까지 치고 있습니다. 그 열쇠의 주인도 나인데 열려 하질 않고 있습니다.

Open hand하고 open mind 해야 합니다.

따뜻한 카리스마! 그것은 Open Hand & mind 할 때 드러납니다.

드러내는 것이 아니라 스스로 드러남은 그러합니다.

겹겹이 서 있는 저 산 능선처럼 제 마음의 밭에도 그런 능선이 구비 흐르고 있습니다.

저의 삶에 평탄한 길이 펼쳐지기를 원하는 소박한 바람도 욕심이겠지요.

속마음 한 번 낸다는 것이 그리 쉬운 일만은 아닙니다. 제 마음과 상대방의 마음에 겹겹이 둘러쳐져 있는 그 장벽을 넘지 못하는 한계상황이라 하기에는 스스로 참을 수 없는 존재의 가벼움입니다.

아련한 저 능선이 수묵화처럼 담담하듯 그저 그러하게 존재(being)할 수밖에 없음입니다. 하지만 상대적 빈곤감으로 늘 탁한 제 마음은 갈피를 잡지 못합니다. 창공을 나는 새처럼 그리 훨훨 떨쳐버리고 어디론가 날고 싶습니다.

열차 창문이 누군가가 던진 돌에 깨어졌습니다. 마치 산산이 부서져 깨져버린 제 마음 같습니다. 그래도 그 너머엔 푸른 삶이 공존하고 있기에 오늘도 시린 가슴 동여매고 짐을 꾸립니다.

먹구름을 거두려고 애쓸 필요는 없습니다

고요함이 젖어드는 지리산 명상원에 앉아 달 밝은 밤하늘을 바라보며 부름 하나 집어 입에 넣고 시름을 달랩니다. 달빛이 한 폭의 동양화를 그립니다. 보름달이 뜨니 별님들이 보이질 않습니다. 잠시 달님이 뽐낼 수 있도록 시간을 양보하는지도 모르지요.

정월 대보름이 먹구름 속에서 드러납니다. 빛은 어둠이 있어 상대적으로 가치가 있는 것이겠지만 달님은 있는 그대로 온전히 빛나며 존재할 뿐이지요.

내가 널 바라보고 있는 거니, 네가 날 바라보고 있는 거니? 서로 마주 보고 있는 것이겠지요.

객관이란 존재하지 않습니다. 바라보는 자는 언제나 주관적이기에, 객관이라 여겨진 것은 언제나 주관적일 수밖에 없습니다. 그 바라보는 자란 주관적인 나, 객관적인 나, 그리고 절대적인 나라는 차이점이 있겠지만, 그

경계 또한 모호합니다. 절대 자체가 주관적인 하나의 대상이 된다면, 그 또한 상대적 절대일 뿐이기에 절대적 절대라는 객관적 존재가 되지 못합니다. 하지만 이것 또한 절대적 절대와 상대적 절대를 바라보는 관점일 뿐입니다.

붙들고 있는 대상이란 한낱 그와 같습니다.

모두에게 가치 있게 인정받아야 할 필요는 없습니다. 인정은 타인이 아닌 스스로 받아야 합니다. 나 자신의 지금 그대로의 모습을 있는 그대로 받아들이고, 인정하고, 사랑한다면 나는 타인에게 인정되는 상대적 가치의 존재가 아닌 달님처럼 스스로 온전히 빛나며 존재할 것입니다.

달빛이 단지 나를 내려다보고 있다는 것 하나만으로도 나의 가슴은 빛으로 가득 그대의 사랑을 감지합니다.

반달이 구름 사이에 머뭅니다. 반쪽이라도 당당할 수 있음이 자연인가 봅니다. 꽉 찬 보름달보다는 아직 영글어 가는 덜 찬 달이 아직은 희망이 있어 보여 더욱 아름답습니다.

달무리가 있어 달빛을 더욱 선명케 합니다. 어둠이 빛을 밝히듯, 괴로움이 즐거움을 더 절실하게 만들 듯, 불행이 있기에 행복이 더욱 소중하듯, 밤이 깊다는 것은 곧 새벽이 다가온다는 것을 말하듯, 빛이란 어둠 속에서 그 진가[眞價]를 발휘하는 법이지요.

달빛의 고고함은 깨달음과 희망의 빛입니다. 강물이 아무리 급하게 흘러가도 강물에 비친 달은 함께 쓸려 흘러가지 않습니다. 구름에 달 가듯이 천천히 자유로움으로 흘러갑니다. 올려다본 밤하늘엔 반달이 그렇게 깊어만 갑니다. 점점 깊어가는 고뇌의 늪을 저 구름 따라 흘려보내 보내봅니다.

그 어떤 먹구름이 가릴지언정 달은 여여[如如]히 그 자리에서 밝게 빛나고

있습니다. 단지 구름이 찰나로 가릴 뿐, 아무리 가리고 머물려 해도 곧 지나치고 맙니다. 삶의 애환과 고뇌도 그 지나치는 찰나의 먹구름에 불과할 뿐이건만, 우리네 마음은 그것이 영원한 것인 양 잡고서 괴로워하고 있습니다. 스스로 잡고 놓지 않고 있습니다. 놓아 주지 않으면서 가지 않는다 합니다.

먹구름을 거두려고 애쓸 필요는 없습니다. 그저 바라보며 기다리면 자연히 스스로 거두어질 일입니다. 비관적인 생각이 마음을 가린다 할지라도 여여如如히 바라보며 기다리면 됩니다.

"궁지에 몰린 마음을 밥처럼 씹어라. 어차피 삶은 네가 씹어 소화해야 할 것"이라고 어느 식당 액자에 쓰여 있더군요. 곡차가 잘 익어가는 밤입니다.

나의 모습은 마음이 그 밑바탕입니다. 하나의 마음일지라도 참으로 많은 모습이 담겨 있습니다. 어떤 모습으로 존재하는가는 그 마음의 표상대로 드러나지요.

깨끗이 단장하고 아낌없이 내 모든 것을 바치고 싶은, 곁에 서 있기만 해도 기쁨과 슬픔과 저의 존재마저 잊게 하는, 꾸지람이나 곤경도 기쁨이 되고, 오직 한마음으로 사모하고, 언제나 그리워하고 곁으로만 달려가고 싶은 그대입니다.

맑고 깨끗한 청정淸淨과 베풂의 보시報施를, 텅 빈 무념무상無念無想과 욕된 것을 참는 인욕바라밀忍辱波羅蜜을, 흐트러짐이 없는 선정禪定과 힘써 매진하는 정진精進을, 그대로부터 배웁니다.

반야般若의 지혜로 그늘 빛을 비추어 사라지게 하시는 그대는 나의 달빛 부처님! 그대를 뒤에서 보고 있는 저는 그대의 광명을 입습니다. 그리운 그대는 나의 달빛 부처님이십니다.

겨울 산책 14

일상으로의 초대

저 자신에게 특별한 하루를 만든다는 것은 그리 어려운 일이 아닙니다.

하지만 다른 이들이 특별한 날이라 하는 날들엔, 오히려 저의 특별한 날들은 일상으로 돌아갑니다. 그날은 어쩐지 상대적으로 공허해지는 느낌 때문입니다.

새록새록 돋아나는 풀꽃들의 속삭임을 들을 수 있는 아름다운 날, 묵은 먼지가 가득한 공구함을 정리하는 노동의 땀을 흘리는 날, 한낮의 나른함으로 평화로운 날, 고양이와 강아지를 목욕시켜 주는 상쾌한 날, 바쁘지 않아서 오히려 쉴 수 있는 날, 세상이 온통 하얀 눈으로 덮이어 적막이 더 위로가 되는 날.

저에겐 그렇게 하루하루가 특별한 날입니다.

느리고 게으른 일상으로의 초대입니다.

아침에 일어나 수석壽石용으로 선물 받은 돌을 닦습니다. 산山을 돌 위에 옮겨 놓았네요. 산이 돌 위에 앉았습니다. 돌이 산山이 되었습니다. 마음 내기에 따라 그가 됩니다. 누군가가 던져 놓은 작은 조약돌을 반드시 주워담을 필요는 없습니다. 그 자리에 놓여 있는 이유가 반드시 있을 것이기 때문입니다.

하나하나 쌓아놓은 석탑, 석공의 마음에는 무슨 희망을 쌓고 있었을까요? 돌에서 사람의 온정을 느낍니다. 돌에도 정감이 묻어 있으니까요.

담벼락에 박힌 돌이 마치 깊은 대못이 박힌 내 시린 가슴 같습니다. 박힌 돌이 있어 벽은 더욱 견고히 지탱되듯, 시린 가슴이 있어 오늘도 우리네 삶은 끈끈히 지탱되는지도 모릅니다.

내 마음에 박힌 상처도 나를 지탱케 하는 지지대가 됩니다.

나른한 오후에는 담벼락에 쪼그리고 앉아 무료히 할 일 없이 권태로움으로 해바라기 하며 그저 고양이와 개와 놀 수 있는 곳에 살고 싶습니다. 긴긴 밤을 보름달과 친구 삼아 개 짖는 소리에 늙은 주인의 메마른 기침으로 화답하는 그런 밤인 골 깊은 동네에 살고 싶습니다.

밤 공기를 킁킁거리며 맡으며 별빛 내려오는 정자에 모로 등지고 누워, 하 세월의 고단했던 삶을 회상하며 일기 쓰듯 독백으로 내뱉을 수 있는, 나! 그런 외딴 산골에 살고 싶습니다.

이미 내 몸은 산골에 있지만 그렇게 살고 싶다고 외치는 것은 아마도 내 마음이 아직 이곳에 고요히 정착해있지 못하기 때문에 더욱 그런 것일지도 모른다. 내 마음은 아직 지옥인가 봅니다.

저녁에 지는 햇빛은 찬란합니다.

바람은 세차지만 정월 대보름이 다가오니 달밤도 밝습니다. 윤슬이 감미로운 잔물결로 내려앉았습니다. 햇빛이나 달빛에 비치어 반짝이는 잔물결인 윤슬은 산골 마을 호수에서는 더욱 청아하고 아름답습니다. 드리워진 물결과 윤슬을 보니 호수는 그저 멈추어 있는 것은 아니네요.

정적 고요함 속에 역동적 에너지가 꿈틀거리고 있음에, 정체되어 있는 지금 같지만 변화는 매 순간 일어나고 있습니다.

인간 내면에 꿈틀거리는 에너지도 그러합니다. 그 에너지는 언제나 변하기에 마음도 따라 변합니다. 마음의 고요는 내면의 에너지 조절로 가능한 이유입니다.

맑고 향기로운 에너지를 가진 사람은 자신뿐만 아니라 주변도 청아하게 만듭니다. 자기 자신 스스로 먼저 맑게 정화되면 사회의 전반적 제 현상도 맑게 정화되어 변화합니다.

연기가 주변에 말없이 스며들 듯 개인의 정화된 고요함은 모든 이들을 자연스럽게 물들이게 될 것입니다.

산골은 해가 빨리 저뭅니다. 그래서 허튼 에너지 낭비가 더 적은지도 모릅니다. 낮이 짧다 보니 일찍 잘 수밖에 없고, 일찍 자니 일찍 일어날 수밖에 없습니다. 이 비가 그치고 나면 동면을 준비해야 하겠지요.

산골생활이라는 것이 절기를 따름이니, 그 또한 겸양의 덕을 실천함입니다.

겨울비가 무던히도 내린 후라 그런지 명상원의 맑은 밤하늘 온 천지에 별 잔치가 열렸습니다. 5성[星] 호텔에 머물러 다섯 개의 별밖에는 볼 수 없음에도 아름답다고들 합니다. 저는 밤하늘의 무수한 은하수의 별들을 천장 삼아 지리산 산골 마을에 머뭅니다.

누가 더 아름다움을 만끽하고 사는 것일까요.

외딴 산골에 산다는 것, 이 또한 즐겁지 아니한가요.

겨울 산책 15

그리움과 기다림은 설렘

밤이 깊으면 새벽이 가까워졌다는 의미라고들 말합니다. 하지만 새벽이 와도 눈을 떠서 일어나지 않으면 새벽은 볼 수가 없습니다. 여전히 깊은 오밤중일 뿐입니다. 눈뜬 자만이 볼 수 있습니다.

모든 욕망과 번뇌 가득한 삶이 머리로는 허망한 것임을 알아도 가슴으로는 끊지 못한다면, 여전히 오리무중의 미망 속에서 헤맬 수밖에 없다. 이른 새벽 산책을 하는 하나의 이유입니다. 다른 별들은 고이 잠들어 있어도 보름달 옆의 사랑별은 달이 외롭지 않도록 언제나 빛을 발하며 곁에서 머뭅니다. 별이 고고한 달빛과 친구가 되는 깊어가는 겨울밤입니다.

그대를 언제나 깨어있어 볼 수는 없지만, 그렇게 곁에 머무르며 스스로 빛만이라도 발하고 싶습니다. 아득한 그리움입니다. 이별보다 더 슬픈 건 그리움이라 했던가요. 그리움은 영원합니다. 그리움이 영원하지 않으면 그것은 더는 그리움이 아니기 때문입니다. 그래서 그리움은 아득한 것이지요. 그래서 더 서글픈 일이기도 합니다. 행복하고 즐거웠던 순간들의 기억들이 그 서글픔을 조금이나마 옅어지게는 하겠지만, 원초적 그리움은 덜어낼 수가 없습니다. 기다림 자체가 그리움이고, 그리움 자체가 설렘이니, 그것만으로도 행복합니다.

완전한 비움 속에 진정한 채움이 있습니다. 하지만 그리움은 비우지 않아도 되리니, 그리움이 채워지면 그것은 더는 그리움이 아니니까요. 아무리 그리워해도 그리움은 채워지지 않은 것이기에, 우리는 그리움이 채워질까 봐 언제나 가슴 한편을 비워 놓습니다. 그리움은 그리움 자체로 완전합니다.

"어느 순간부터 그 누군가를 그리워하며
오랜 세월 기다림으로 하염없이 앉아 있기 시작했습니다.
저를 놓아버린 임이시지만 발병 나지 않기를 염려하며
저는 그 자리에서 움직이지도 못하고 말없이 기다립니다.
그대가 같이 앉아 주기를 기다렸건만 찾아주는 일이 없습니다.
행여 그대가 찾아 주신다면,
전 벌떡 일어나 옆의 자리를 바로 내어 드릴 겁니다.
곁에 앉아 줄 그대가 그립습니다."

사랑의 애절함과 기다림은 그 사람을 그리움에 빙의 들게 합니다. 우리 눈에는 애잔함과 안타까움으로 보일는지 모르지만, 그만큼 행복한 사람은 없을 것입니다. 누군가를 그리워할 수 있다는 것만큼 더 아름답고 행복한 것은 없을 테니까요.

누군가를 기다리며 검은 머리 파뿌리 될 때까지 그리워할 수만 있다면 그 사람은 축복받은 것입니다. 사람은 누구나 다 그 원초적 그리움을 가슴에 담고 삽니다. 그리워할 수 있음에 살아 있는 것인지도 모릅니다. 원초적 그리움의 대상이 어머니이든 연인이든, 참나(Ātman)이든 해탈이든, 어느 것이 될지라도 보이지 않아도 말하지 않아도 그대가 제 가슴속에 언제나 존재하고 있음을 느끼고 있습니다.

기다림은 설렘입니다. 설렘은 그리움입니다. 그리움이 채워진다면 설렘도 그 종지부를 찍습니다. 인내와 인고의 세월로 기다린다는 것은 삶의 애환이 묻어 있어 더욱 그립습니다.

아직도 설렘이 있는 걸 보니 내 가슴엔 그리움이 남아 있나 봅니다. 그 누군가를 그리워하고, 그 무엇인가에 설렌다는 것은 제가 지금 여기에 가슴 뛰며 살아 있다는 것이겠지요.

어느 시인은 노래합니다.

“사랑하는 사람은 못 만나 괴롭고, 미워하는 사람은 만나서 괴롭다.”